Corazón De Multimillonario

LA OBSESIÓN DEL MULTIMILLONARIO
Sam

J. S. SCOTT

Traductor – Antonio Grájera
Revisión y Corrección de Texto – Isa Jones
Portada de Cali MacKay – Covers by Cali

ISBN: 978-1-939962-61-4 (Print)
ISBN: 978-1-939962-60-7 (E-Book)

Agradecimientos

A mis fantásticos lectores.

A mamá y papá por su cariño y apoyo. Gracias por dejarme leer tus romances después de leerlos tú, mamá. Con ellos empezó mi adicción a las novelas de romance.

A mi karma. Como de costumbre, no dejas de asombrarme con tu incondicionalidad.

Un millón de gracias a Cali MacKay, de "Covers by Cali", por sus magníficas portadas.

Y a mi marido por creer en mis sueños.

~J.S.~

Nota del traductor

La presente traducción sigue la normativa ortográfica que aparece en la nueva Ortografía de la Real Academia de la Lengua.

El traductor quiere agradecer a los profesores D. Ricardo de la Fuente y Dña. Consuelo Puebla sus revisiones y sus contribuciones al texto.

Índice

Prólogo 1
Capítulo 1 6
Capítulo 2 17
Capítulo 3 26
Capítulo 4 38
Capítulo 5 46
Capítulo 6 59
Capítulo 7 69
Capítulo 8 81
Capítulo 9 89
Capítulo 10 100
Capítulo 11 109
Capítulo 12 121
Capítulo 13 129
Capítulo 14 143
Capítulo 15 152
Epílogo 160

Prólogo

15 de septiembre, 1996
ÉL se ha sentado otra vez a mi lado hoy. Tengo que asumir que
se trata de una coincidencia porque no puedo imaginarme por
qué querría sentarse a mi lado o regalarme una de esas increíbles
sonrisas suyas que parece que iluminan el aula de literatura inglesa,
más bien oscura dicho sea de paso. No sé si me alegra o no que se
siente a mi lado. Para ser sincera, tuve que mirar alrededor para ver
a quién le sonreía. A mí seguro que no. No a Madeline Reynolds,
la simple pelirroja con gafas de empollona y sobrada de carnes.
Pero no había nadie más en la habitación en ese momento, así
que me imagino que ha debido sonreírme a mí. No le he devuelto
la sonrisa… Y me ha sido muy difícil concentrarme en los clásicos
con ÉL sentado a mi lado.

16 de septiembre, 1996
SU nombre es Sam Hudson. Hoy se ha presentado. Ese hombre
hace que, nada más verlo, me suden las manos y se me seque la
garganta como si estuviera en el desierto. Cuando me extendió la
mano y se presentó tuve que secarme la mía en los vaqueros antes

de tartamudearle mi nombre como una perfecta idiota. Me lanzó esa sonrisa una vez más y entré en coma, incapaz de encontrar nada inteligente que decirle. ¿Por qué tiene que ser tan guapo.... y alto? Todo en él es ... demasiado. Quizás mañana se siente al lado de alguien más. Casi me alegraría que lo hiciera. Me pone muy nerviosa. Hay algo raro en que un hombre tan guapo se fije en mí habiendo tantas tías buenas en la misma clase.

17 de septiembre, 1996
Sam se me ha acercado esta noche después de clase para preguntarme si quería estudiar con él. Está haciendo lo mismo que yo, trabajar durante el día y quitarse del medio cuantas clases pueda por la noche, él para conseguir un título en administración de empresas. No me cabe duda que tendrá éxito en los negocios. Esos preciosos ojos verde esmeralda miran con apetito, decididos a comerse el mundo. Le dije que yo quería ser médico. No estoy segura de por qué se lo dije. Se lo digo a poca gente porque suena risible que Maddie Reynolds, más pobre que una rata, la niña que fue de una casa de acogida a otra, quiera aspirar a ser doctora en medicina. Sam se limitó a sonreír, pero no fue una sonrisa de burla. Luego añadió sinceramente que pensaba que yo sería un médico excelente. ¿Cómo iba él a saberlo? Ni siquiera me conoce. Pero, al menos, no se estaba riendo de mí.

14 de noviembre, 1996
He estado tan ocupada que no he tenido oportunidad de escribir durante algún tiempo. Estoy haciendo todos los turnos dobles que puedo en el asilo de ancianos, además de mis clases. Tengo que reunir el suficiente dinero para pagar la matrícula del próximo cuatrimestre. Esta noche Sam me ha llevado a su apartamento para estudiar y hasta parecía algo avergonzado porque se tratara de un estudio y no en el mejor de los vecindarios. No sé de qué tiene que sentirse avergonzado. Trabaja muy duramente. Su trabajo en construcción es un trabajo físico y sé que normalmente trabaja de mañana a tarde casi todos los días de la semana. Quiere ahorrar el

suficiente dinero para traer a su madre y a su hermano pequeño a vivir a Tampa. Sam habla mayormente del futuro, probablemente porque su pasado no ha sido tan bueno. Lo entiendo bien. Yo también prefiero pensar en el futuro. Hace solo unos meses que conozco a Sam, pero se ha convertido en el mejor amigo que he tenido nunca, después de Crystal, pero ella hace años que se fue. Me veo como una tonta por haber dudado de él. Es una buena persona, el mejor de todos los hombres que he conocido y quien más me alienta a perseguir mis metas. Tan solo me gustaría que dejara de llamarme cielo y de quitarme la goma del pelo porque dice que es una lástima atar un pelo tan hermoso. ¿Está ciego? ¡Mi pelo es un desastre!

12 de diciembre, 1996
Hoy Sam me ha dicho algo que me ha parecido extraño. Me ha dicho que mi amistad le ha hecho querer ser mejor. No sé muy bien por qué lo dice y él se limitó a encogerse de hombros cuando le pregunté qué quería decir. ¿Cómo podría ser mejor de lo que es? Trabaja como una mula, hace lo que puede por su familia y estudia para ensanchar sus horizontes. ¿Acaso piensa que el dinero hace a alguien más valioso? Si lo piensa desearía que no lo hiciera. Sam Hudson está muy bien como está. Es perfecto. Solo me gustaría que no trabajara tan duramente.

10 de enero, 1997
Sam y yo no tenemos ninguna clase juntos este cuatrimestre, pero raro es el día que no hablo con él. No sé si podría aguantar no hablar con él o no ver esa cara suya. Me hace reír cuando estoy cansada y de mal humor y, por mi parte, siempre tengo a mano una crema analgésica para cuando ha llevado su cuerpo al límite después de muchas horas de trabajo. Él intenta levantarme el ánimo mientras que yo intento aliviarle el dolor. Me imagino que eso es lo que es la amistad. Como otras veces, hoy se quitó la camiseta para que yo pudiera ponerle crema en la espalda. Cada vez se me hace más difícil evitar que me tiemblen las manos, y me odio por

eso. Sam y yo somos amigos. Es un gran apoyo y siempre puedo
contar con él. ¡Soy asistente de enfermería, por el amor de Dios!
No es que no conozca el cuerpo humano. Es simplemente que... es
el cuerpo de Sam. Su piel, siempre tórrida, sus músculos tensos.
A veces gime emitiendo un intenso, viril, suspiro de alivio cuando
le pongo la crema en la espalda y yo me mojo entre las piernas y
se me erizan los pezones. Empiezo a pensar en cosas que no son
su dolor de espalda. Sé que no debería. Pero no puedo evitarlo.
A mi edad, muchas mujeres ya lo han hecho, pero yo no. Nunca
quise. No hasta que conocí a Sam. Pero él es mi amigo y tengo que
recordármelo cada día, aunque mi corazón y mi cuerpo deseen
mucho, mucho más.

14 de febrero, 1997
Es el día de San Valentín y algo ha pasado hoy, algo extraordinario.
Sam Hudson me ha dado un rosa roja... y luego me ha besado.
No un simple beso de amigo en la mejilla, sino uno de verdad,
cálido, húmedo, apasionado, que me aceleró el corazón y me hizo
arder de deseo por algo más. A ambos nos faltaba el aliento al
separarnos. Estoy segura de que parecía aturdida y confundida
porque así es como me sentía. Sam parecía horrorizado. Empezó
a soltar palabrotas y a decir atropelladamente que no había sido
su intención y que yo me merecía algo mejor. Dijo que debería
haberme traído no una rosa sino una docena de rosas. Le dije que
una rosa era lo mejor que nadie podría haberme dado porque venía
de él. Me eché a llorar. No pude evitarlo. Él me besó otra vez ...
y otra.

10 de abril, 1997
Hace dos meses que Sam y yo somos pareja y aún no lo hemos
hecho. Yo quiero. Se lo he dicho. Mi cuerpo responde a cada contacto
con el suyo, cada beso. Lo quiero tanto que me hace daño. No se lo
he dicho a él porque él tampoco me lo ha dicho y no estoy segura si
quiere oírlo. Dice que ronroneo como un gato cuando me toca o me
besa. Por desgracia, creo que tiene razón, pero me da vergüenza.

No es que tenga mucha experiencia, pero estoy convencida de que nadie besa como Sam. Sabe que soy virgen. Se lo he dicho. Dice que tiene miedo de tocarme a veces porque soy demasiado vulnerable, demasiado inocente. Si supiera los sueños que tengo con él no pensaría que soy inocente en absoluto. Lo quiero tanto... Quiero que sea él el primero. El único. Quiero decirle que lo amo, pero me da miedo. ¿Y si él no siente lo mismo por mí?

12 de mayo, 1997
Sola otra vez, como siempre he estado. Sam y yo teníamos que habernos encontrado para tomar café ayer y, al acercarme a la cafetería, los vi en el callejón. La mujer era muy atractiva: alta, delgada y bonita, todo lo que nunca he sido ni seré. Sam apoyaba la espalda contra los ladrillos del edificio y tenía a la mujer encima de él, enredándole el pelo con las manos y besando a mi Sam como si le perteneciera. Él le manoseaba los pechos y las piernas, apretando su cuerpo de modelo contra él, restregándose mutuamente. Me quedé de piedra y permanecí allí de pie como una estatua. No estoy segura de cuánto tiempo me quedé mirando, el corazón a punto de salírseme del pecho, incapaz de creer que realmente se trataba de mi Sam besando a esa mujer. Pero, Dios mío, lo era. Cuando se pararon a coger aliento, los ojos de Sam se encontraron con los míos. La expresión de su cara no dejaba lugar a dudas. Culpa. Satisfacción. En ese momento, el corazón se me rompió en un millón de pedazos. Y Sam lo sabía. Lo sabía y ni siquiera intentó explicarse. Dudo que nada vuelva a recomponer lo nuestro. Tenía que salir corriendo de allí y Sam me dejó ir sin decir una palabra. ¿Fui realmente tan estúpida, tan ingenua? ¿Pensé realmente que Sam Hudson estaba haciendo otra cosa que jugar conmigo? Nadie me ha querido nunca. Ni de niña ni de adolescente. Y tampoco de adulta. Lo más probable es que nadie lo haga nunca. Lloraré un poco más y luego iré a dormir y a tratar de olvidar cómo se siente el ser querida por un breve instante. Todo no era más que una mentira.

Capítulo 1

La doctora Madeline Reynolds se mordisqueaba la uña del pulgar mientras pasaba las hojas del informe médico de uno de sus jovencísimos pacientes en la clínica, absoluta concentración en la expresión de su cara. Eran las siete de la tarde, bien pasada la hora de irse a casa y descansar, pero algo acerca del caso la hostigaba. Algo tenía que habérsele pasado por alto, algo importante. Timmy se sentía cansado, sin ánimo, con frecuentes vómitos y diarrea, y tenía que ser algo más que un virus. La pobre criatura llevaba meses así.

Suspirando, se recostó en la silla de su consultorio haciendo una mueca de disgusto al morderse la uña un poco más de lo debido. Necesitaría consultar con un pediatra, hacerle más pruebas. Rogando al cielo que la madre de Timmy se presentara a la próxima cita de su hijo, Maddie cerró la carpeta. El pobrecito no llevaba una vida fácil y su madre no era precisamente constante.

–Hola, Madeline.

Un varonil timbre de barítono le llegó desde la puerta de la oficina, haciéndola ponerse de pie de un salto, lista para pulsar el botón de alarma que había en un lateral de su escritorio. La clínica, gratuita, no estaba en un buen vecindario y la pobre Kara había estado muy cerca de que le pegaran un tiro prestando servicios voluntarios.

–No era mi intención asustarte.

Un escalofrío recorrió la espalda de Maddie, pero no por miedo. Había reconocido la voz. Entrecerrando los ojos, centró la mirada en el cuerpo y la cara de aquella voz aterciopelada

–¿Cómo has podido burlar el servicio de seguridad de Simon? ¿Y qué se te ha perdido por aquí?

Su amiga Kara iba a casarse con el hermano de Sam, Simon. Por desgracia, desde hacía ahora un año, esto la había obligado a encontrarse frecuentemente con el hombre que le había roto el corazón años atrás. Tales encuentros habían sido breves e increíblemente tensos. Afortunadamente, había sido capaz de evitar cualquier intercambio prolongado con él... hasta el momento.

Sam Hudson se encogió de hombros y entró en la habitación como si fuera suya. Aún informalmente vestido con un par de vaqueros y un suéter color burdeos, el hombre cargaba sobre sus anchos hombros, como si fueran la repisa de una elegante chimenea, un aura de autoridad y poder.

–También es mi servicio de seguridad, cielo. Trabajan para la Hudson. ¿Crees que harían otra cosa que no fuera dejarme pasar con un simple buenas tardes?

Arrogante hijo de puta. A Maddie se le aceleró el corazón y empezaron a sudarle las manos. Simon y Sam eran ambos multimillonarios, co-propietarios de Hudson Corporation. Por tanto, era también la compañía de Sam, pero era algo que procuraba ignorar tan a menudo como le fuera posible. Se secó las manos en el pantalón vaquero que le ceñía los muslos, deseando no haberse duchado y cambiado en el minúsculo baño trasero de la clínica antes de volver a la oficina. Quizás hubiera sido más fácil enfrentarse a Sam vestida profesionalmente, sujetándose el cabello con un austero recogido. Mientras intentaba contener una espiral de rizos rojos detrás de la oreja, estiró la espalda queriendo parecer más alta que el metro cincuenta y dos que medía.

–¿Qué quieres, Sam? Este no es exactamente tu vecindario. Y no creo que tengas necesidad de los servicios de ninguna prostituta.

Su tono era firme, frío. Maldita sea. ¿Por qué no era capaz de actuar con indiferencia? Habían pasado ya muchos años desde aquella lamentable historia con Sam. Ahora era un extraño. ¿Por qué no podía tratarlo como tal?

Él, acercándosele, le respondió de forma desafiante.

–¿Te importaría, cielo? ¿Te importaría si me tirara a otra mujer?

–¡Ja! ¡Como si no lo hubieras hecho antes! Y deja de dirigirte a mí con ese apelativo tan ridículo.

Respondió sarcásticamente, pero se le aceleró el pulso y se quedó sin respiración cuando él se le acercó lo suficiente como para que le llegara la estela seductora de su olor a almizcle y hombre, un aroma penetrante que la hizo sentirse ligeramente mareada. Su olor no había cambiado. Seguía siendo tan tentador como había sido años atrás.

–¿Por qué estás aquí todavía? Los de mi servicio de seguridad me dijeron que seguías trabajando. Deberías estar en casa. Este vecindario no es seguro durante el día, mucho menos de noche –le dijo Sam con calma.

–Los del servicio de seguridad de Simon.

De alguna manera no era capaz de asociar a los dos hombres, aunque fueran hermanos. Simon era agradable y escondía un corazón de oro detrás de su adusta fachada. Sam era el mismo demonio, Satán disfrazado de modelo de la revista *GQ*, con más dinero y poder de los que ningún hombre debería tener. Especialmente un hombre como Samuel Hudson.

–¿Qué tal si algún maleante burlara a los de seguridad y te encontrara aquí, sola y vulnerable?

Se acercó un poco más a ella, tanto que Madeline podía sentir la calidez de su aliento acariciándole la sien. ¡Dios! Era tan alto, tan ancho, tan musculoso. Sam había trabajado en la construcción, años atrás, cuando se conocieron, un duro trabajo físico que le había proporcionado un cuerpo perfecto, escultural. Curiosamente, no había cambiado lo más mínimo. ¿Cómo puede un hombre mantener un cuerpo así sentado detrás de una mesa de oficina? Retrocedió para distanciarse de su presencia intimidante hasta dar con el trasero en la mesa, quedándose sin espacio para seguir retrocediendo.

–Un hombre podría aprovecharse de una mujer sola en una oficina vacía –siguió diciendo, con voz grave, peligrosa.

Maddie empujó el pecho de Sam, intentado zafarse de la ratonera que formaban Sam y la mesa.

–Apártate, Hudson, antes de que me obligues a ponerte los huevos de corbata.

Sam apretó su poderoso muslo contra el de ella eliminando cualquier posibilidad de que le diera un rodillazo en la ingle.

–Eso te lo enseñé yo, ¿recuerdas? Además, nunca le digas a tu atacante cuáles son tus intenciones, Madeline.

Ella estiró el cuello y lo miró, sus ojos verde esmeralda la miraban con prevención. Al igual que años atrás, su belleza la dejaba sin aliento. Siempre le había recordado a algún áureo dios de la antigüedad, tan odiosamente perfecto que su cuerpo y sus rasgos deberían estar esculpidos en mármol. Pero ahora, en lugar del contacto frío del mármol, sentía oleadas de calor emanando de su cuerpo de estatua y de sus ojos encendidos.

–¡Qué te follen, Hudson!

Sam sonrió manteniendo los labios precariamente apretados, como si estuviera intentado reprimir una sonrisa sincera. Sus manos, extendidas en la espalda de ella, la empujaban contra su cuerpo mientras le hablaba al oído.

–Preferiría follarte a ti, cielo. Mucho más placentero. Sigues siendo la mujer más hermosa que he conocido. Aún más hermosa de lo que eras hace unos años.

Embustero. ¡Qué gran embustero! Si hubiera sido tan deseable no habría hecho lo que hizo.

–Déjame y lárgate de mi oficina.

El muy cabrón estaba jugando con ella y no lo podía tolerar. No era una belleza y no se parecía en nada a las modelos esqueléticas que se colgaban del brazo de Sam y se llevaba a la cama.

—Primero bésame. Demuéstrame que no hay cuentas pendientes entre nosotros —respondió Sam, sus ojos verdes iluminados con destellos de fuego, la voz firme y exigente.

—Lo que nos queda pendiente es que nunca dijiste que lamentabas lo que habías hecho. No te importó una mierda. No …

Maddie no tuvo oportunidad de terminar. La boca ardiente de Sam ahogó sus quejas, sin preguntar, simplemente exigiéndole que lo correspondiera. Sus enormes manos descendieron ágiles por su espalda, agarrándola por los glúteos y levantándola hasta sentarla en la mesa, haciéndose más fácil comerle la boca.

Sam nunca se limitaba a besar, marcaba, reclamaba su propiedad. Maddie protestó en la boca de Sam mientras que la lengua de este empujaba y retrocedía, empujaba y retrocedía, hasta que sus protestas se convirtieron en gemidos. Rendida, sus brazos se enroscaron en el cuello de Sam, sus manos empuñando los sedosos rizos de su cabeza, saboreando en los dedos el contacto de su suavidad.

Rodeándole la cadera con las piernas, como necesitando encontrar un ancla que le impidiera ir a la deriva en un oleaje de lujuria, dejó que su lengua se batiera con la de él, sintiendo su erección en el bajo vientre y levantando sus caderas con cada uno de los empujes de la lengua de Sam.

Sam gemía de placer, sus manos profundizando debajo de la camiseta de Maddie, la punta de sus dedos acariciando la desnudez de su espalda, haciéndola estremecerse de placer. Maddie se estaba ahogando, perdida en un mar de deseo y necesidad, empujada lentamente al fondo por una fuerza más poderosa que su voluntad.

Tengo que parar. Esto tiene que acabar antes de que me deje llevar por completo.

Con decisión, retiró la cabeza y separó su boca de la de Sam, dejándolo jadeante y visiblemente agitado. Sam apretó la cabeza de Maddie contra su pecho, que ascendía y descendía al ritmo de la respiración.

—¡Mierda! Maddie. Maddie —dijo entrecortado, hundiendo una mano en sus rizos y acariciándole el pelo con reverencia.

Dios mío. No. No podía permitirse que San Hudson la engatusara de nuevo. De ninguna manera. Empujó con firmeza el pecho de Sam, desenredándose de él y bajando las piernas hasta que sus pies tocaron el suelo.

—¡Quítate de encima!

Su furia era un río de lava candente. ¿Cómo se atrevía a usarla así, a jugar con ella porque estaba aburrido y era la única mujer al alcance? Sam Hudson era un playboy, un hombre que usaba a las mujeres y las tiraba, que tenía un juguete nuevo no muy bien había arrinconado el anterior. Raramente se le veía con la misma mujer más de una vez. ¿No tenía conciencia? ¿Le importaba alguien que no fuera él?

Maddie quería hacerse una bola y protegerse, avergonzada por la manera en que había respondido a los avances de Sam a pesar de que era un perro. ¿En qué clase de persona la convertía esto?

Se deshizo de él y, dándole la espalda, se precipitó hacia la puerta.

—Maddie. Espera.

La voz de Sam era viril, dominante aún cuando suplicaba. La agarró del brazo, haciéndola girar antes de llegar a la puerta. Maddie lo miró, su ira y sus temores luchando por ganar la batalla.

—No vuelvas a tocarme. Nunca. No soy la estúpida ingenua que conociste. Te creí una vez y me lo perdoné por ser muy joven. No volverá a pasar. No tengo la excusa de la juventud para justificar esa estupidez.

—Aún me deseas —le dijo Sam con ímpetu, mirando su cuerpo de abajo arriba y deteniéndose en su rostro.

Mirándolo a los ojos, respondió agitada.

—No, no te deseo. Mi cuerpo puede responder a la llamada de un hombre atractivo, pero es algo físico, una respuesta sexual. Tú no significas ya nada para mí —se desahogó Maddie, clavándole la yema de los dedos en el pecho.

—Tú quieres que te folle hasta hacerte gritar de placer. Aún puedo hacerte ronronear, gatita —replicó él con arrogancia y con una mueca de satisfacción en el rostro.

Ella encogió los hombros, intentando suprimir su violento deseo de arrancarle de una bofetada su expresión de autosuficiencia de la cara.

—¿Cómo podría saberlo? Nunca me has follado. Y nunca lo harás.

Con un giro del brazo, Maddie consiguió soltarse y salió de la oficina dando un portazo, arrancando de un tirón la chaqueta que tenía colgada en la recepción y cruzando a toda velocidad la sala de visitas de la clínica. No miró atrás. No podía. Uno de los hombres de seguridad la escoltó hasta su coche y ella se alejó de allí como un fugitivo a quien la policía está pisando los talones, sin desear nada más que alejarse de Sam tanto como fuera posible.

Maddie condujo aturdida, dos palabras se repetían en la neblina de su cabeza como en un disco rayado.

Nunca más.

Nunca más.

Sam Hudson cruzó lentamente la sala de visitas de la clínica, perdido en sus propios pensamientos. ¿Qué coño había pasado? Había entrado a ver si Maddie estaba bien, preocupado porque estuviera allí tan tarde, una parada rápida para asegurarse de que todo estaba bien porque sabía que estaba sola. Maldita sea. ¿Podría algún día verla y no querer poseerla, hacer que lo deseara tanto como él la deseaba a ella?

Nunca la has olvidado. Probablemente nunca la olvidarás. Su imagen te ha perseguido durante años. Se te metió en la piel como una astilla enquistada que no has encontrado la forma de extraer.

Al salir, Sam cerró la puerta. Miró a uno de los guardias de seguridad.

—¿Podría echar la llave?

El hombre asintió.

—Sí, señor. Espero que su encuentro con la Dra. Reynolds se haya dado bien.

Sam hizo una mueca entre la sonrisa y la burla.

—Seguro, fue muy informativo.

He sabido que me sigue odiando como siempre. Se despidió con la mano de los guardias y se dirigió a su coche.

¡Sí! El encuentro fue realmente bien, se decía tristemente mientras se subía a su Bugatti y arrancaba el motor.

Ni siquiera dijiste que lo sentías...

Sus palabras lo perseguían, probablemente lo perseguirían de ese momento en adelante.

—¡Mierda!

Con frustración, Sam le dio un puñetazo al volante. No. Nunca le había dicho que lo sentía. No tuvo oportunidad de hacerlo entonces. Aún así, debería haberlo hecho, debería haber encontrado una forma de disculparse algún tiempo después. No fue posible después del incidente y acababa de echar a perder su segunda oportunidad hacía tan solo unos minutos.

¿Qué tenía Maddie que lo hacía perder el juicio?

Estás actuando como un gilipollas, porque a ella ya no le importas y eso te está matando. Podría darte su cuerpo si la sedujeras, pero nunca su corazón. Nunca más.

Hubo un tiempo, hace años, cuando Maddie lo miraba con ojos de admiración, de adoración. Un breve incidente y esa mirada se borró para siempre de sus hermosos ojos.

Dejando caer la cabeza sobre el volante cerró los ojos, aún capaz de ver a la Maddie que lo había mirado con respeto y afecto aún cuando no tenía un duro. Era irónico, ahora que era uno de los hombres más ricos del mundo lo miraba como a una cucaracha a la que había que aplastar, una rata que tenía que ser exterminada.

La verás de nuevo. Se verá obligada a hablarte en la boda de Simon y Kara. La boda se iba a celebrar en su casa, así que Maddie no iba a tener más remedio. Él era el padrino y ella la madrina. Maddie tendría que, al menos, guardar las apariencias y Sam sabía que así lo haría. Ella era considerada y leal con sus amigos. Dejaría a un lado sus sentimientos para asegurarse de que todo en la boda de Kara fuera bien, sin problemas ni dramas.

Y me trate como me trate o me mire como me mire, no voy a actuar como un imbécil con ella. Mierda. Espero que no traiga a un tío con ella. Ni le he preguntado a Simon si Maddie está saliendo con alguien.

Sam se incorporó dando un suspiro y puso la marcha atrás preguntándose si siquiera le era posible no comportarse como un indeseable. Lo cierto es que los años lo habían cambiado, lo habían convertido en un hombre que a él mismo no estaba seguro de gustarle. Y si había alguien en la vida de Maddie era aún más probable que perdiera los papeles.

Encuentra una mujer, alguien que te haga olvidar a Maddie.

Se abrochó el cinturón de seguridad cuando salía del aparcamiento. Respiró hondo e hizo una lista mental de posibles candidatas... hasta que percibió un olor tentador, un olor vago que permanecía tenazmente aferrado a su camiseta. Su fragancia. Un recuerdo de lo que acababa de ocurrir en la oficina.

—¡Mierda! No puedo hacerlo. No puedo estar con otra mujer. Ahora no —se dijo en voz baja, enfadado por haberla besado, por haber sentido en su piel las exuberantes curvas de Maddie. Ahora, la idea de pasar una noche en la cama con otra mujer lo dejaba helado. Para ser honesto, lo dejaba helado desde hacía un año, cuando volvió a ver a Maddie.

Sam frenó a la salida de la zona de estacionamiento, echando un rápido vistazo a su reloj. Sonriendo, giró a la izquierda en lugar de a la derecha, en dirección al piso de Simon.

Ya era hora.

Simon lo había llamado antes para hacerle saber que iba a ser tío y para pedirle un favor, algo completamente inusual en él. No había nada que no hiciera por su hermano pequeño. Le había fallado una vez y no iba a pasar de nuevo. Para cualquier cosa que Simon necesitara lo encontraría.

Gracias a Dios, Simon había encontrado a Kara. Sam adoraba a la prometida de su hermano, dispuesto a besar el suelo que pisaba por el simple hecho de amar a su hermano pequeño incondicionalmente, por hacer a Simon más feliz de lo que jamás lo había visto. Y Simon se merecía esa felicidad, esa devoción. Tristemente, ver a Simon y

Kara juntos le hizo darse cuenta de lo vacía que estaba su vida, lo desolada y superficial que era su existencia.

Como si no lo hubiera sabido siempre. Nada ha sido auténtico desde que perdí a Maddie.

Besar a Maddie, abrazarla otra vez después de todos esos años, había empeorado las cosas. Era como si algo estuviera despertándose en él, una sensación entre familiar y nueva. Con seguridad, no era una sensación cómoda.

Olvídala. Olvida lo que era perderse en la suavidad de Maddie, su olor, sentir sus exuberantes curvas y su boca deliciosamente ansiosa.

Sam se maldijo, sabiendo que dormiría solo esa noche, que se llevaría él mismo de la mano mientras fantaseaba con Maddie. Y esta vez, los recuerdos serían mucho más vividos, más nuevos, más reales que antes.

¡Mierda! Estaba bien jodido... y, definitivamente, no muy contento de estarlo.

Maddie pasó la página del libro que tenía en las rodillas preguntándose por qué no lo dejaba y se iba a la cama. No es que estuviera entendiendo nada de lo que allí estaba escrito.

– ¡Maldita sea! –dijo en voz baja. Cerró el libro con un golpe y lo arrojó sobre la mesa, al lado del sofá. Honestamente, no quería irse a la cama. Si lo hiciera, no haría más que rememorar su encuentro con San, torturándose con el recuerdo del beso abrasador que le había dado esa tarde.

Arrastrando el mando a distancia por la mesa, se lo acercó y encendió la televisión con la esperanza de que pudiera dormirse con las noticias de las diez. El timbre de la puerta sonó justo cuando el presentador empezaba a enumerar las noticias más importantes de la jornada.

¿Quién podría ser? No tenía familia y ninguno de sus amigos llamaría a su puerta a esas horas a menos que fuera una emergencia. Saltó del sofá y corrió hacia la puerta, el corazón acelerado. Miró a través de la mirilla y vio un hombre de uniforme, aparentemente uno de los guardias de seguridad de la Hudson.

—¿Quién es y qué es lo que desea? —preguntó con firmeza detrás de la puerta

—Envío especial de San Valentín para la Dra. Reynolds —gritó a su vez el hombre.

—Déjelo ahí... y puede marcharse.

De ninguna manera le iba a abrir la puerta, aunque de verdad trabajara para la Hudson.

—La comprendo. Lo dejaré aquí a los pies de la puerta.

Se agachó, se incorporó de nuevo y se marchó.

Maddie entreabrió la puerta, sin quitar la cadena de seguridad. Vio al hombre subirse a su camioneta y alejarse. Quitó la cadena y abrió la puerta y los ojos de par en par.

A sus pies tenía el ramo de rosas más increíble que había visto jamás. Había varias docenas de flores, demasiadas para contarlas en tal estado de aturdimiento. Levantando el robusto y pesado florero de lo que parecía cristal, cerró con llave la puerta y llevó las rosas hasta la mesa del comedor. Poniéndolas en el centro del círculo de roble, cogió la tarjeta que había en medio del arreglo floral.

Se sentó, sus rodillas temblorosas a duras penas podían sostenerla. La tarjeta era pequeña, el minúsculo sobre estaba decorado con corazones y con un gracioso, diminuto, Cupido en una esquina. Lo único escrito en el anverso era su nombre. La terminó de sacar del sobre y la abrió con dedos temblorosos. Allí, con una caligrafía que aún reconocía, solo había escritas dos palabras.

Lo siento.

No había firma ni ninguna otra forma de identificación.

Dejando caer el sobre y la tarjeta sobre la mesa, Maddie enterró la cara entre las manos y empezó a llorar.

Capítulo 2

¡S e acabó! Esto es ridículo.

Sam Hudson se metió el teléfono móvil en el bolsillo de su Armani gris y pisó el freno de su Bugatti, dándole al pedal con tanta fuerza que las llantas rechinaron en protesta. En medio de una vía secundaria de Tampa, cambió de sentido donde estaba prohibido hacerlo. Apretando los dientes, pisó el acelerador y voló en dirección opuesta a su mansión frente al mar.

¿Qué coño está haciendo? ¿Intentado matarse?

Lo cierto es que la Dra. Maddie Reynolds estaba a punto de matarlo a él. Estaba otra vez en su clínica de beneficencia. De noche. En un área deprimida de Tampa. Había estado allí cada noche de las dos últimas semanas, siendo él puntualmente informado por los de seguridad cada día que ella se quedaba hasta tarde. Durante catorce largas noches, él se había quedado en casa esperando la llamada de los de seguridad diciéndole cuándo salía Maddie del edificio. Todos los días era después de las once. Hoy era el decimoquinto día y ya era medianoche. Y Maddie aún no había salido de la clínica.

Cada noche había estado viendo a pacientes, voluntariamente, después de que terminaba su trabajo en el hospital. Obviamente, se quedaba tarde haciendo el papeleo y examinando casos después de cerrar la consulta, alrededor de las nueve. Cuando tenía varios días libres consecutivos los pasaba en la clínica. Todo el día. Y también parte de la noche. No había forma de que continuara ese horario y no cayera muerta de cansancio.

Golpeando con frustración el volante con la palma de la mano, Sam estaba decidido a averiguar qué coño estaba pasando. Maddie siempre había trabajado como una mula, echando horas en su clínica en sus días libres, pero no de esta manera, no noche tras noche. Tenía servicio de seguridad porque Simon, el hermano de Sam, lo había dispuesto después de que a su prometida, Kara, casi la matan de un disparo durante un robo en la clínica, pero aún así no era un lugar seguro y la cantidad de horas que ponía Maddie era ridícula. ¿Dormía alguna vez? ¿Comía?

Sam no había visto a Maddie desde su encuentro con ella en la clínica, hacía casi un mes, un breve interludio que le estaba costando trabajo olvidar. No necesitaba más que pensar en aquel beso, oler su perfume en el suéter que él llevaba aquella noche, una prenda que, por alguna extraña razón, aún no había echado a la ropa sucia, para tener una erección.

¡Mierda! *Me está volviendo loco.*

Con el ceño fruncido, dio un volantazo a la derecha y aceleró, el corazón agitado solo de pensar que vería a Maddie otra vez y preguntándose qué habría hecho con las flores que le mandó el día de San Valentín. Una vez, hacía años, sólo había podido comprarle una simple rosa. Ahora, por fin le había dado las docenas de rosas que merecía. De acuerdo, fue una forma lamentable de disculparse por lo que había pasado hacía años, pero nunca había sido especialmente bueno con las disculpas. Él era Sam Hudson, multimillonario y co-propietario de Hudson Corporation. No se había disculpado por nada desde …bueno…nunca, excepto por su borrachera en el cumpleaños de Simon el año pasado. Vale, quizás se había disculpado antes, pero no desde que era un niño y su madre lo agarraba de las orejas y lo obligaba a admitir su mal comportamiento. Había hecho el propósito de no hacer nada de lo que pudiera arrepentirse, excluyendo el incidente con Maddie, años atrás, y el más reciente con Kara. Pero aún hoy no estaba enteramente arrepentido de lo que le había hecho a Maddie, sólo lamentaba el dolor que sus actos le habían causado. Realmente, su única disculpa en años había sido para Kara y su hermano por su conducta en el cumpleaños de Simon. Estaba borracho, deprimido, pero nada justificaba su bochornosa actitud. Por suerte, Simon y Kara lo habían perdonado, dejándolo todo en el pasado.

Hice daño a Maddie, alguien a quien no hubiera querido herir nunca.

Pero lo hizo. Y eso sí que lo lamentaba.

Nunca me perdonará.

Giró a la izquierda y se adentró en un área no deseable de la ciudad. Sam apretó la mandíbula. Sí, sabía que había perdido a Maddie. Lo sabía desde el momento en que la apartó de él para siempre. Aún sentía dolor en el pecho cuando recordaba el rostro descompuesto de Maddie, la desolación en sus hermosos ojos castaños. Ese fue el día en que él perdió el cielo, su cielo. Y aún después de tantos años de éxito, de dinero, de poder, su vida seguía cubierta de nubarrones, cuando no en total oscuridad.

Todavía puedo ser un amigo, aunque me odie. Se lo debo como amigo. Se está matando y tengo que pararla.

—Mierda —maldijo Sam en voz baja pero contundentemente. ¿A quién quería engañar? Él no era un tipo altruista. La verdad es que quería verla, protegerla. La cena del ensayo de la boda iba a ser mañana y Maddie estaría allí, pero no podía tolerar una noche más de preocupación por ella. Iba a acabar con la situación ahora, antes de que esa loca se enfermara por trabajar tantas horas y no dormir lo suficiente.

No se molestó en entrar en el aparcamiento. Dejó su carísimo coche deportivo al borde de la acera y se bajó haciendo un gesto con la mano a los dos guardias de seguridad que había a la entrada de la clínica.

—¿Está todavía aquí? —preguntó al que estaba más cerca de la puerta.

—Sí, señor. Aún no ha salido.

Diligentemente, el hombre seleccionó en su juego de llaves la que abría la puerta de la clínica.

Tiene que parar. De una puta vez.

Sam dio un empujón a la puerta, su enojo le había irritado el estómago. Mientras cruzaba con decisión el vestíbulo oyó el ruidoso clic que hacía la llave de la puerta al cerrar. Ignorándolo, entró con la misma decisión en la recepción y de allí a las oficinas. Se paró para respirar profundamente antes de abrir la puerta de la oficina de Maddie, preparándose para hacer frente a una situación desagradable.

Exhaló con un bufido todo el aire que había retenido al darse cuenta de que no habría una pelea inmediata. Su oponente, vestida con un viejo uniforme verde de médico, sus rizos de fuego derramados en la mesa y el brazo derecho doblado para sostener su cabeza, estaba profundamente dormida.

Acercándose a la mesa, frunció el ceño al notar los círculos oscuros alrededor de sus ojos. Aún así, la mujer parecía un ángel, su piel de marfil, tersa, sus labios como fresas maduras. Inspeccionando su rostro, se dio cuenta de que no llevaba maquillaje, quizás se había duchado al terminar las visitas. Le acarició suavemente la nuca y su pelo mojado confirmó su presuposición. Abandonándose al deseo que intentaba reprimir, enterró la mano en la abundante melena, dejando que el rojo de sus rizos se derramara por sus dedos.

—Mierda —dijo en un susurro, navegando aquellas ondulaciones con delicadeza, dejándose llevar por el sutil olor a flores que embriagaba sus sentidos. Se agachó hasta poner la cara a la altura de la de Maddie.

—Maddie —dijo con delicadeza, su mano acariciándole el pelo.

Ella levantó la mano izquierda, que descansaba en sus rodillas, con la intención de darle un manotazo. Él se echó hacia atrás para evitar el débil giro de muñeca.

—Necesito cerrar los ojos un minuto. Sólo un minuto —murmuró, arqueando los labios en un gesto de disgusto y enfado.

Los de Sam, divertido, se arquearon formando una sonrisa mientras le masajeaba el cuero cabelludo.

—Hora de dormir, cielo.

Maddie volvió a hacer un aspaviento, esta vez alcanzándolo en el hombro con un famélico golpe a medias.

—Durmiendo. Vete —balbuceó sin abrir los ojos.

Está completamente fuera de combate.

Con el dorso de la mano comprobó que la taza de café aún estaba templada. No hacía mucho que se había dormido pero, sin duda, estaba tan exhausta, tan falta de sueño que su capacidad de reacción era casi nula.

Sam deslizó la agenda que Maddie tenía debajo del brazo, echando un rápido vistazo a la página abierta. No trabajaba los próximos cinco días. Realmente, no es que le causara sorpresa. Todos los festejos relacionados con la boda de Simon y Kara empezaban al día siguiente, con el ensayo de la ceremonia y la cena correspondiente.

Cerrando la agenda de un golpe se la guardó en el bolsillo de su chaqueta y empujó hacia atrás la silla de Maddie, lo suficiente como para poder pasar un brazo por debajo de sus rodillas y otro por su espalda sin que su delicioso trasero cambiara de posición.

—Hora de acostarse, Maddie —susurró con el grave de su voz.

—Cansada. Vete —respondió Maddie irritada.

De pie, con aquella pequeña madeja de femineidad en los brazos, Sam contempló el rostro de Maddie. Ni siquiera había abierto los ojos. Pero aún así seguía peleando. Con la cabeza descansando en el hombro de Sam, buscó una posición más cómoda y le rodeó el cuello con los brazos.

—No puedes conmigo. Peso mucho —objetó arrastrando las palabras, como si estuviera bebida.

El comentario de Maddie le parecía tal sinsentido que Sam sonrió abiertamente, pasando revista al cuerpo de Maddie mientras cambiaba su peso sobre el pecho. Tenía un cuerpo hecho para el pecado, un cuerpo que siempre había sido la tentación más profana de todas las tentaciones. A Sam le gustaban con curvas y Maddie las tenía en abundancia. Sus pechos llenaban sobradamente la mano de un hombre. Su piel era seda. Su abundante y sinuoso trasero, firme. Se excitó fantaseando con tener sus redondeados muslos alrededor de la cintura, atrayéndolo hacia ella. El mero contacto de sus mullidas carnes lo hacían reventar la cremallera del pantalón, ansioso por enterrarse en ella, perderse en aquel cuerpo menudo, curvilíneo.

A Maddie nunca le gustó su cuerpo, aunque para mí es el ideal de mujer.

Se rio entre dientes al tiempo que descolgaba la cartera de Maddie del respaldo del sillón y se lo colocaba sobre el vientre, saliendo pausadamente de la oficina al vestíbulo. Se paró delante de la puerta cerrada esperando que los de seguridad abrieran desde fuera. Llevó los labios al oído de Maddie.

—Tienes el cuerpo de una diosa, cielo —le dijo en voz baja, profunda. A pesar de que sabía que ella no estaba lúcida, necesitaba decírselo de todas maneras.

—Gorda —respondió Maddie como en un suspiro.

—Perfecta —respondió él sorprendido.

—Horrible color de pelo —murmuró, los ojos aún cerrados.

—Precioso —replicó él.

—Estás loco —dijo ella, con femenino tono de irritación.

—Probablemente —admitió Sam, cruzando la puerta que su empleado había abierto. Se detuvo al lado de la puerta del copiloto de su Bugatti. El guardia se percató del sutil mensaje de Sam y corrió a abrir la puerta del automóvil. Maddie dejó escapar otro leve suspiro, su aliento cálido acariciándole el cuello. Sam reprimió un gemido de placer.

Sam dejó la madeja adorable de Maddie en el asiento. Respiró aliviado. No podía estar tan cerca de ella. Su olor, sentir su cuerpo, lo volvían loco. Le abrochó el cinturón y aseguró la cartera sobre sus piernas antes de cerrar la puerta. Respiró hondamente y se dirigió al otro lado del coche. Levantó la mano en un gesto de silencioso agradecimiento a sus empleados mientras abría la puerta del conductor y se metía en el auto. Tras cerrar la puerta, arrancó el motor y se puso el cinturón de seguridad sin dejar de mirar a Maddie a cada instante.

¡Mierda! Odiaba ver a Maddie de esa manera, tan visiblemente cansada. Aunque le doliera, prefería ver a Maddie echando pestes contra él, fulminándolo con la mirada, su voz chorreando ira, o sarcasmo. Viéndola tan cansada, tan ausente, tan vulnerable, le destrozaba el corazón.

Con gran esfuerzo, desvió la mirada de ella, puso su Bugatti Veyron en marcha y tomó la decisión de hacer algo que, sin duda, la pondría de mal humor, aunque decidió también que no le iba a importar un huevo. No le cabía duda, si no intervenía ella volvería a la carga a la mañana siguiente, arrastrando su cuerpo exhausto de la cama a la clínica antes de asistir al ensayo y la cena por la tarde.

No va a ser así. ¡Y qué si me odia por esto! Ya sabe que soy un cabrón. No importa. Lo que importa es que ella esté bien.

Conectó su móvil en el cargador del salpicadero con la intención de hacer algunas llamadas. Dio la vuelta al coche y condujo en la misma dirección que llevaba en un principio.

Sonrió abiertamente, echando un fugaz vistazo a Maddie antes de marcar el primer número y dar órdenes a voz en grito aunque fuera la una de la mañana. Por suerte, su asistente personal era avispado y respondió inmediatamente. Sam no solía llamarlo a esas horas. De hecho, Sam no lo había llamado nunca a esas horas y David intuyó enseguida que tales exigencias eran importantes para su jefe. Completamente ajena a todo, Maddie siguió durmiendo, ignorando que estaba a punto de disfrutar de unas cortas vacaciones, quisiera o no.

Sam dejó a Maddie sobre las sábanas de algodón egipcio de quién sabe qué número de hilos de su cama y la vio acurrucarse en el lienzo sedoso, arreglando la almohada bajo su cabeza con un gemido de satisfacción, un sonido gutural, erótico, que casi lo hizo jadear.

No ha habido un solo día que no la haya deseado, ninguno desde el primer día que puse los ojos en ella.

Sí, ya la deseaba entonces. Sus ojos se habían clavado en aquella luminosa mata de pelo rojo, recogida hacia atrás y cayéndole sobre la espalda, su pene sacudiéndole el pantalón cuando sus ojos aterrizaron en aquel hermoso rostro con unas gafas corrientes apenas sujetas a la nariz, con labios color cereza ligeramente fruncidos en un gesto de confusión. Parecía una bibliotecaria con ganas de hacer travesuras y, desde entonces, a Sam se le había empinado cada vez que la veía. *Me pregunto qué ha pasado con las gafas.*

Cuidadosamente, Sam le levantó un párpado para asegurarse de que no llevaba lentes de contacto que necesitara quitarse, reprimiendo la risa cuando ella gruñó con desagrado ante la invasión. Satisfecho de comprobar que Maddie debía haberse corregido la visión con láser, retiró la mano de su cara y dio un suspiro. ¡Maldita sea! Le encantaba quitarle las gafas y besarla hasta hacerla perder el sentido. Por un lado, lamentaba la pérdida, pero por el otro se alegraba de que pudiera ver y de que se hubiese desecho de las gafas que ella tanto odiaba.

Le quitó las zapatillas de deporte y las arrojó al suelo, decidiendo que bien podía dormir con su uniforme médico. Evidentemente, estaba limpio y era probablemente cómodo.

Él se desvistió, viéndola dormir mientras se quitaba la ropa, hasta quedarse solo los calzoncillos. Se fue al otro lado de la cama y se metió entre las sábanas, apagando la luz que tenía a su lado, con su cuerpo en tensión. Era una cama grande, pero no lo suficientemente grande. ¿Había perdido por completo la cabeza? ¿Cómo coño iba a poder dormir con Maddie en su cama? La ocasión era surrealista, algo con lo que siempre había soñado y con lo que a menudo había fantaseado.

Duérmete, gilipollas. La estás vigilando. Si no te quedas con ella, se habrá escabullido antes de que puedas retenerla.

De ninguna manera. Bajo ningún concepto trabajaría mañana. Ese disparate tenía que acabarse. Golpeando la almohada, se dio la vuelta, de frente a Maddie. Dios, qué hermosa era. Todo en ella era perfecto. Incapaz de contenerse, extendió una mano deslizándose hacia ella, como atraído por un imán. Sus dedos juguetearon con sus rizos y acarició de arriba abajo su delicado rostro con el dorso de la mano. La habitación estaba iluminada solo por la luz de la luna, pero era lo suficientemente luminosa como para ver sus facciones. Cuando le acariciaba el brazo Maddie se movió, aleteando los párpados. Moviendo con inquietud su cuerpo, se fue acercando hasta pegar su cuerpo al de Sam, restregarse contra él. Se abrazó a su cuello, anidándose en su cuerpo como si fuera su hogar.

—Ella pertenece aquí. No habría manera de que se sintiera tan bien si no perteneciera aquí, conmigo —susurró Sam con firmeza.

—¿Sam? —murmuró Maddie, confundida.

—¿Sí? —respondió él, el corazón tronándole en el pecho.

—Te odio. ¿Qué haces aquí?

Se acurrucó contra él, contradiciendo sus palabras y fundiéndose con su cuerpo ardiente, como un misil dirigido por el calor.

—Ya lo sé, cielo. Ahora, duerme —respondió Sam serenamente.

La envolvió con sus brazos. Podría odiarlo, pero ahora mismo lo necesitaba. Y él estaba decidido a protegerla.

Como debería haberlo hecho en todo momento. No tenía ni puta idea que no se hubiera casado nunca. A menos que lo hiciera pero no cambiara su apellido por el de su marido. Pero, ¿qué clase de individuo permitiría que su mujer trabajase como ella lo hace? Pensaba que tendría media docena de hijos a estas alturas.

Sam supuso que, al menos, habría un hombre en su vida y se estremeció al pensarlo.

Mía. Ella pertenece aquí, conmigo.

Cerrando los ojos dejó que sus sentidos absorbieran su fragancia, el contacto de su cuerpo pegado al de él.

Era agonía y éxtasis a la vez.

Permaneció allí tumbado, escuchando la respiración pausada, tranquila, de Maddie, que indicaba que por fin se había dormido profundamente.

Para su sorpresa, Sam la siguió unos instantes después. Su cuerpo relajado y su mente, por primera vez en años, completamente en paz.

Capítulo 3

A la mañana siguiente Maddie se despertó confusa. Sentía palpitaciones en la cabeza, como si tuviera la más grande de las resacas, aunque raramente bebía más de una copa de vino. *¿Qué ha pasado? ¿Dónde estoy?*

Retirándose el pelo de la cara, parpadeó varias veces antes de abrir los ojos, su cabeza enteramente en tinieblas. Oyó un gruñido masculino debajo de ella y se empujó para sentarse. Al empujarse, sus dedos se encontraron con la piel cálida y los músculos apretados de un enorme pectoral.

¿Cómo?

Los ojos de Maddie se abrieron de par en par, despertándose por completo en segundos al ver el cuerpo que tenía debajo.

—Hudson —siseó, viendo que estaba a horcajadas en él, torso con torso, y que había dormido con la cabeza apoyada en su hombro—. Quítame las manos de encima.

Sam tenía los ojos completamente abiertos y la miraba con una mirada intensa, tan ardiente que casi la abrasaba. Sus candentes ojos verdes la devoraban y a Maddie se le salía el corazón del pecho.

—Anoche me llamaste Sam, cielo —le dijo con voz grave, apasionada—. Y si vas a derramar tu suculento cuerpo encima de mí, es de esperar que te toquen ese delicioso culo tuyo. No soy exactamente un santo.

Maddie sintió un escalofrío cuando Sam la agarró por detrás y la empujó contra él, entrando su vientre en contacto con la incontrolable erección de Sam. ¿Anoche? ¿Anoche? Exactamente, ¿qué *había* pasado anoche? Pensando frenéticamente, intentó recordar si ella y Sam habían … intimado. Lo último que recordaba era haberse recostado en su escritorio en la clínica, pensando que tenía que descansar sus ojos cansados por un rato. Y luego … Nada.

–No puedo recordar anoche. ¿Nosotros…?

Se paró en seco, incapaz de hacerle a Sam Hudson esa pregunta mortificante.

–¿Lo hicimos? –preguntó él con ligereza. Lanzó un viril suspiro de derrota y continuó hablando–. Lamentablemente, no lo hicimos. Pero si lo hubiésemos hecho, lo recordarías.

¡Gracias a Dios!

Levantó la pierna que descansaba sobre el cuerpo de Sam y se alejó de él, empujándose al otro lado de la cama. Retirándose los molestos rizos de la cara, lo miró con desconfianza. Aún llevaba el uniforme que se había puesto después de ducharse en la clínica. Él, sin embargo, estaba desnudo, al menos de cintura para arriba. No quería fijarse en su tórax cincelado, cubierto con una pelusa rubia, y en la estela de vello que iba desde su ombligo hasta su …

¡Mierda!

Apartó los ojos de él, enfadada consigo mismo por babear con su cuerpo fibroso.

–¿Qué pasó? ¿Por qué estoy aquí? –preguntó arisca.

Asumió que era la casa de Sam, ya que estaba en la misma cama que él. Un cama que, tenía que admitirlo, tenía unas sábanas exquisitas, en un dormitorio con igualmente exquisito mobiliario.

Sam se incorporó y Maddie contuvo el aliento cuando la sábana se deslizó un poco más abajo, sin poder quitar los ojos de su abdomen. En ese momento notó la banda elástica en torno a sus caderas, prueba de que no estaba completamente desnudo. Respiró aliviada, odiándose a sí misma por sentirse desilusionada.

—Me encantaría poder decirte que fui a tu clínica y que estabas tan rebosante de deseo que me suplicaste traerte a casa y follarte —respondió Sam, sus fogosos ojos verdes mirándola de arriba abajo—. Pero ni tú me lo pediste ni yo hice nada. Fui a tu oficina y estabas profundamente dormida sobre tu escritorio. Intenté despertarte, pero estabas tan exhausta que tuve que traerte en brazos hasta aquí y meterte en la cama.

—¿Por qué? Me hubiera despertado en algún momento —dijo Maddie, bajándose de la cama y llevándose las manos a las caderas, molesta porque hubiera invadido su clínica. Otra vez.

Echando las sábanas a un lado, Sam se levantó mirándola agresivamente.

—Ni de coña. Estabas frita. ¿Qué estás haciendo, Maddie? ¿Matándote de cansancio? Nadie cae rendido de esa manera a menos que haya estado bebiendo o que esté completamente falto de sueño. Es un disparate —vociferó mientras cruzaba la habitación para coger un batín gris que descansaba en una silla.

Abrió la boca para darle una respuesta cáustica, pero la cerró al verlo moverse a través de la habitación. Benditos sean sus glúteos. Aquel hombre tenía un culo tan firme que podía distinguir cada movimiento, cada contracción de sus músculos al andar. Ese sí que era el trasero que cualquier mujer querría tener. Sam tenía toda su musculatura bien definida. Era casi perfecto, tan increíblemente masculino que cortaba la respiración. Aún tenía ligeras marcas de cicatrices en su espalda, sendas de piel más clara por las que le había preguntado años antes sin obtener una clara respuesta de por qué las tenía.

Sam se giró mientras se ponía el batín, permitiendo que Maddie le echara un rápido vistazo a su erección matinal, marcada prominentemente por los ajustados calzoncillos. Viendo cómo lo miraba, sonrió complacido y arqueó provocativamente una ceja.

No lo mires. Es Sam Hudson. Hijo de puta de marca mayor. Puede estar buenísimo, pero tiene el alma más negra que el carbón.

Despegando los ojos de su engañosa mirada verde, hizo un esfuerzo por recordar lo que quería decirle. *Ah, sí.*

–Lo que yo hago no es asunto tuyo. No tienes ningún derecho a sacarme de mi oficina.

–No es que te resistieras, exactamente –bufó Sam–. Te me abrazaste al cuello cuando te llevé en brazos al coche.

¡Oh, no!

–¿Me cogiste en brazos?

Sam levantó la mano impidiendo que continuara hablando.

–No empieces con eso. Tienes un cuerpo perfecto.

Continuó hablando con intensidad en el rostro.

–¿Qué hacías en la clínica a todas horas? Tú ya tienes un trabajo a tiempo completo. No puedes continuar haciendo las dos cosas.

–Tengo que hacerlo. Esa gente me necesita –susurró Maddie–. No tienen a nadie más a quien acudir.

Maddie había dejado su práctica privada para trabajar en un hospital hacía casi un año con la esperanza de poder pasar más tiempo en la clínica. Tenía más días libres para dedicarse a la clínica, pero había multiplicado su trabajo y empezaba a sentir la fatiga.

La expresión de Sam se suavizó al acercarse a ella.

–No puedes salvar al mundo, Maddie. Una persona sola no puede hacerlo. Nada te devolverá a Crystal.

Maddie se estremeció, la mención de su mejor amiga de la niñez aún le causaba dolor. Crystal había muerto a la edad de diez años de meningitis bacteriana por no recibir tratamiento a tiempo. Sus padres, golpeados por la pobreza, no tenían seguro médico. *He debido contárselo a Sam hace años y aún lo recuerda.* Esta fue una de las razones por las que quería ser médico y seguía siendo el motivo por el que mantenía la clínica abierta. Lo miró, recostada en una de las gruesas columnas de la cama.

–¿No te parece que eso ya lo sabía? Tengo un niño de cinco años a quien casi no diagnostico a tiempo. Estaba crónicamente enfermo, cansado, fatigado. Me llevó algún tiempo hacerle todas la pruebas porque no estoy en la clínica todos los días. Tenía diabetes tipo 1. Podía haber muerto.

Agachó la cabeza, mirando a la alfombra, pensando lo que podría haber pasado si no hubiera dado con el diagnóstico correcto.

–Tengo que pasar tanto tiempo como pueda allí.

El caso de Timmy la había asustado, la había obligado a entregarse aún más. ¿Qué si hubiera otro caso así, uno que no pudiera coger a tiempo?

Sam se pegó a Maddie, presionando su carga contra ella, atrapándola entre su poderoso cuerpo y la columna de la cama. Sujetándole el mentón, le levantó la cabeza y la mirada de ella se encontró con la intensa, penetrante, mirada de Sam.

–No murió porque estabas allí. Pero no vas a ayudar a los pobres matándote de cansancio. Hay un límite a lo que puedes hacer.

–Necesito …

–Necesitas descansar. Necesitas estar bien para dar el mejor cuidado que puedas –cortó Sam con seriedad–.

– Te conozco, Maddie. Eras una cruzada aun cuando éramos más jóvenes. No puedes salvar el mundo. Solo puedes marcar la diferencia salvando a una persona a la vez.

La empujó en sus brazos, presionando su cabeza contra el pecho mientras le acariciaba el pelo.

–Siempre supe que serías un médico fenomenal, pero te va a devorar si te dejas. Llevas el peso del mundo sobre los hombros. Siempre lo has llevado.

Maddie suspiró, dándose un instante de relax en el fornido cuerpo masculino que la sujetaba haciéndola sentir protegida, olvidando por un breve momento que odiaba a Sam Hudson.

– No sé qué hacer –admitió. Y era cierto. Estaba dividida entre su necesidad de sobrevivir, de pagar sus facturas cada mes, y su desesperación por ayudar a quienes realmente necesitaban asistencia médica pero no podían pagarla.

–Te voy a proponer algo –respondió Sam, acariciando con dulzura su espalda.

–¿Qué?

Incorporándose, lo miró con curiosidad.

–Podemos hablarlo mientras desayunamos. Estoy muerto de hambre –respondió él despreocupadamente.

–No. Tengo que ducharme y volver a la clínica. ¡Mierda! No tengo ninguna ropa aquí. Tendré que llevar el mismo uniforme y …

–Encontrarás todo lo que necesitas en el baño. Hice que mi asistente escogiera algunas cosas para ti.

Se separó de Maddie y le indicó la puerta al otro lado de la habitación.

–Yo usaré el otro baño y nos vemos en la cocina.

–Ya te he dicho que tengo que irme. Tengo varias visitas hoy –respondió testaruda, cruzando la habitación camino del baño.

–No, no tienes ninguna –replicó el mientras sacaba alguna ropa del armario.

–Tengo la agenda llena hasta la hora del ensayo –le informó con indignación. De verdad pensaba que estaba tan fuera de órbita que había olvidado sus citas?

–No la tienes. Tu puesto lo está cubriendo otro médico por ahora, con la ayuda de algunas enfermeras.

Impartió esta información mientras se dirigía al tirador de la puerta.

–¿Qué? ¿Cómo? ¿Por qué? –Maddie sabía que balbuceaba, pero no tenía ni idea de qué estaba hablando Sam.

Él abrió la puerta y se volvió, su expresión oscura, sus ojos desafiantes.

–Fue hecho siguiendo mis órdenes. Todo lo he dispuesto yo.

–Tú no puedes tomar el control de mi clínica, Hudson. O de mi vida, que es lo mismo –le gritó furiosa.

–Alguien tenía que hacerlo y fui yo, cielo. Y esto es solo el principio. Nos vemos abajo.

Se dio la vuelta y salió, cerrando la puerta detrás de él.

Maddie entró en el baño echando humo, tentada de correr detrás de Sam y mandarlo al infierno. Pero necesitaba estar preparada. La había enfadado tanto que no iba a poder noquearlo de forma efectiva en su estado actual.

A saber quién estaría al cargo de la clínica ¿Estaban cuidando a sus pacientes debidamente? ¡Maldita sea!

Se quitó el uniforme y la ropa interior, los dobló juntos para llevárselos cuando se fuera, algo que pensaba hacer inmediatamente después de que se las viera con Sam Hudson.

Le llevó algo de tiempo averiguar cómo funcionaba la ducha de diseño de Sam, varios cabezales direccionales, un placer decadente que la obligó a reprimir un gemido mientras se lavaba el pelo y se enjabonaba el cuerpo. Sin sorprenderse de que tuviera gel y champú femeninos en la ducha, Maddie intentaba no pensar en las tropecientas mujeres que habrían hecho algo más que ducharse con Sam en aquella habitación, en aquella cabina. Cerrando la ducha, alcanzó una toalla mullida, se secó y se puso una loción de los muchos mejunjes femeninos que se apilaban en el tocador. Había pilas de ropa por todas partes, ropas de mujer. Y cada prenda aún llevaba su etiqueta. Pensándolo bien, todo lo que había abierto era nuevo, incluidos el champú y el acondicionador que había usado. Comprobando la talla de unos pantalones vaqueros, se dio cuenta que eran de su talla, como el resto de la ropa, pequeña. Hasta la ropa interior era de su talla. Pero nada de aquello era exactamente su estilo. La ropa interior era extravagante, toda de seda y encaje. Los vaqueros eran ajustados, un corte más estrecho del que normalmente usaba, que le acentuaba las curvas y le marcaba el trasero. Sin hacer caso de la imagen en el espejo, se puso una camiseta, era corta y le marcaba los pechos.

¡Qué más da! Me voy a cambiar en la clínica de todas maneras.

Domó su pelo salvaje con un cepillo jamás usado que tuvo que sacar del propio paquete.

No hay pasadores.

Rastreando entre las lociones, los geles, lacas y todo el surtido de cosas, no encontró nada que le sujetara su revoltijo de rizos. Con toda la atención al detalle que Sam había puesto, Maddie supo que esto era intencionado. A él nunca le gustó que se recogiera el pelo. Abrió el armario de las medicinas y se sonrió con malicia al extraer de él un paquete de condones.

Talla XL.

A Maddie le hubiera gustado creer que usar esta talla era un caso de delirio de grandeza, pero sabía que no lo era. Había sentido su erección las suficientes veces como para saber que la tenía enorme. Sacando un condón de su envoltura, separó el anillo de látex y arrojó el resto a la basura.

Perfecto.

La goma era lo suficientemente elástica para sostener su mata de pelo en una cola de caballo a la altura de la nuca. Todo lo que necesitaba ahora era un café y volvería a ser persona. Recogió sus zapatos, al lado de la cama, y bajó trotando las escaleras, sin tener ni idea dónde estaba la cocina. Cuando bajó el último peldaño miró alrededor, admirando las bóvedas altísimas y la decoración sutil; la paleta de colores hacía parecer todo más ligero, más airoso y alegre.

Ya sabía que la casa de Sam era enorme, lo suficiente como para celebrar una boda. Mirando a la izquierda vio un gran salón de estar. A la derecha vio un enorme pasillo de entrada. Deduciendo que la cocina estaba probablemente a la derecha, Maddie se fue en esa dirección, ansiosa por encontrar una cafetera. Necesitaba sus dosis de cafeína, y la necesitaba ya. Su dolor de cabeza se había suavizado, pero aún le molestaba y su adicción a la cafeína no ayudaba. Ignorando varios pasillos más pequeños, siguió por lo que parecía un corredor principal que quizás llevaría a la cocina.

¡Sí! ¡Por fin!

Un gran arco daba entrada a la cocina que cualquier chef profesional envidiaría. Y allí, delante del fogón, se encontraba Sam, sus rizos formándose a medida que se le secaba el pelo, vestido con unos ajustados vaqueros de diseño y un polo.

Vio cómo preparaba los platos, con habilidad, como si cocinara todos los días. Miró con nerviosismo su cartera, que estaba a un lado, en la encimera, y los papeles que había metido descuidadamente en el compartimento lateral descansaban ahora debajo de ella.

Se dirigió furtivamente hacia la encimera, deslizó los papeles de debajo de la cartera, los dobló, y los guardó en el centro de la cartera, cerrando bien la cremallera.

–Ya los he visto. Se cayeron de la cartera cuando te traje a casa anoche. Los encontré en el suelo esta mañana –dijo en un tono seco, desafiante.

Maddie se puso al lado de Sam. Doblando los brazos, frunció el ceño y apoyó la cadera en la encimera.

–¿Los has leído?

–No intencionalmente. Pero los abrí para ver qué eran. Pensé que eran papeles que yo mismo había dejado caer.

Sam puso los dos platos sobre la mesa de la cocina y retiró una de las sillas.

–No vas a hacerlo, Maddie. Ni ahora, ni nunca –le dijo firmemente–. Ahora, come.

Le puso una taza grande de café al lado del plato, el olor la hizo salivar.

–De hecho no lo voy a hacer. No me lo puedo permitir y no es justo traer un hijo al mundo porque egoístamente quiera uno. Trabajo a horas intempestivas y no sería bueno para el bebé. Puedo adoptar en el futuro. Fue solo una idea.

Ella tenía treinta y cuatro años, cumpliría los treinta y cinco ese mismo año. La inseminación artificial había sido algo que quiso considerar. Probablemente no se casaría, pero quería un hijo a toda costa. De hecho, había esperado tener más cuando era más joven.

Se dirigió hacia la mesa, con la intención de tomarse el café. Antes de que diera un paso, Sam la agarró por el brazo, haciéndola retroceder. Con los glúteos pegados a la madera inamovible, Sam la agarró por los hombros con sus poderosos brazos, aprisionándola entre la mesa y él.

–Dime por qué. ¿Por qué querrías hacer eso? ¿Por qué no estás casada? ¿Por qué todavía no has tenido hijos de manera normal? –le riñó, sus intensos ojos llameando mientras la miraba a la cara, los músculos de la mandíbula apretados.

Ella respondió a su mirada con una mirada igualmente encendida, ardiendo de furia.

–Porque tendría que tener relaciones sexuales y no me gusta.

—¿Que no te gusta el sexo? ¿Con ninguna de tus parejas? —preguntó Sam, su voz denotaba confusión.

—Pareja. Un novio. Lo probé, no me gustó, no lo hice otra vez. Lance decía que yo no era una mujer sexual y probablemente tenga que estar de acuerdo con él. Tuve que tomarme unas cuantas copas antes de dejarlo hacer.

—¿Y lo creíste? ¡Te dijo que tú tenías un problema y lo aceptaste? Cuento. Tú eres la mujer más sexy que he conocido —le dijo con voz sinuosa—. Y me consta que te gustaría el sexo. Simplemente, no lo has hecho con la persona adecuada.

—No importa. No tengo ningún deseo de probarlo otra vez, razón por la cual estaba considerando la inseminación artificial —dijo, agitando sus hombros para librarse de él.

—Si hay ninguna inseminación que hacer, la hago yo. Y no será en un cuarto esterilizado con una placa petri. Todo lo que necesitas es un hombre que quiera darte placer hasta perder el juicio. Y ese soy yo —dijo con brusquedad, sus labios descendiendo para apresar los de ella.

Maddie le empujó el pecho, deseosa de escapar, su corazón latiendo a toda prisa desde el momento en que sus labios se encontraron. Dios mío. Sí, Sam podía encenderla como nadie había podido con un simple beso, pero tener relaciones sexuales era otra historia. Maddie se aferró a sus hombros cuando él se apoderó de ella, su lengua rastreando la boca de Maddie con cada uno de sus desinhibidos besos, que la hacían incapaz de resistirse. Se rindió, empujando con su lengua la de él, una y otra vez. Gemía de placer en los labios de Sam, su coño anegado, todo su cuerpo entregado a quien le había reclamado la boca con un dominio de sí que la dejaba sin aliento.

Sus interminables besos continuaron, encadenándose uno con otro. Cada abrazo, más sensual. Sus enormes manos penetraron la corta camiseta, deslizándose por la piel de su espalda, su vientre, y, finalmente, acabaron cubriendo sus pechos a través del fino sujetador, acariciándole los pezones con sus pulgares con lentos, tortuosos, círculos. Obligándola a inclinarse un poco más hacia atrás, los ágiles dedos de Sam abrieron el broche delantero del sujetador de Maddie, cubriendo ahora sus pechos desnudos, adorándolos con sus manos.

Sí, sí, sí.

Separó sus labios de los de ella, con la respiración entrecortada.

—Pon tus piernas en mi cintura, Maddie —le pidió.

Entregada, necesitada, no dudó en cargar su peso en él, solo hacía lo que le pedían, rodeándole el cuello con los brazos y cerrando las piernas alrededor de él, restregándose contra su pene endurecido, enorme, con abandono, gimiendo calladamente al sentir el roce contra su clítoris.

Sam la llevó a la isla de la cocina y la depositó de espaldas sobre la superficie fría. Quitándole la camiseta, descendió sobre sus pechos desnudos para comérselos. Los apretaba y saboreaba, los mordía y los lamía, hasta hacerla gritar su nombre.

—Sam. Dios, Sam.

Maddie movía la cabeza de un lado a otro, acumulándosele la frustración. *Más.* Necesitaba más. Ondeando sus caderas para darle más fricción a su saturada vagina, se varó en el rígido miembro de Sam, deseosa de correrse.

—¡Qué buena estás, Maddie! En celo, para mí.

Llevó las manos al botón del pantalón, lo desabrochó y bajó la cremallera. Él se irguió momentáneamente y ella casi sollozó decepcionada cuando su boca se separó de sus pechos. Hasta que su mano se escurrió entre los dos cuerpos y luego en sus bragas, sus dedos invadiendo con atrevimiento sus labios vaginales, empapados hasta llegar al clítoris.

—Sam, no puedo más. No puedo.

Con el pelo enredado, arqueando la espalda mientras él dibujaba círculos alrededor del entramado de nervios, enervando su deseo hasta el punto de querer maldecirlo por no hacerla venir de una vez.

—Estás empapada. Esto es lo que necesitas —le dijo con aspereza.

—Te necesito a ti —jadeó, dándose cuenta, de repente, que quería aquella enorme verga enterrada en ella, reclamándola suya.

Los dedos de Sam trabajaron magistralmente la vagina de Maddie, acariciando la vulva con la suficiente presión como para hacerla enloquecer.

–Córrete, Maddie. Quiero ver cómo te corres.

Como si estuviera obedeciendo sus órdenes, Maddie explotó cuando él aumentó la presión de sus dedos en el clítoris, haciéndola agitarse con el gemido de una persona bajo tortura.

Sam metió un dedo en el orificio vaginal mientras que, con la otra mano, continuaba acariciándole el clítoris.

–Dios. ¡Me encanta sentir cómo te vienes! Ojalá estuviera sintiéndote con la polla.

Cuando su orificio se cerró alrededor de su dedo, Maddie también lo deseó. Su cuerpo temblaba, jadeante, el ritmo del corazón retumbando en sus oídos.

Sam sacó la mano de las bragas y la trajo hacia su pecho. Con las piernas aún alrededor de Sam, Maddie descansó la cabeza en su hombro, preguntándose qué era lo que acababa de pasar. Por supuesto, ella misma se había procurado algún orgasmo antes, pero nunca como este.

–Dios mío, ¿qué he hecho? –se dijo en voz baja, con una sensación de fatalidad inminente, sabiendo que su vida nunca sería ya la misma.

Capítulo 4

Por supuesto, Sam escuchó la pregunta que Maddie se hizo entre dientes. Se echó ligeramente hacia atrás, frunciendo el ceño.

—Te excitaste, y mucho. Así que no me digas que no te gusta el sexo, Maddie. Te gusta conmigo. Solo conmigo.

Ella se recostó y vio cómo él se lamía los dedos húmedos, cerrando los ojos, con una expresión de delirio en el rostro.

—Estoy jodido. No voy a ser capaz de olvidar nunca tu olor, tu increíble sabor.

Debería haberte hecho venir con la boca —dijo entre lamidos.

La visión, erótica como pocas.

—Quisiera paladearte entera.

Abriendo los ojos, le lanzó una mirada tan tórrida que Maddie volvió a humedecer las bragas, ahora completamente empapadas. Maddie retiró las piernas de su cintura y lo apartó empujándole el pecho. Él la sujetó y la bajó al suelo, dejándola que resbalara lentamente por su cuerpo aún excitado. Avergonzada, le dio inmediatamente la espalda y se abrochó el sujetador y los vaqueros, sabiendo que realmente necesitaba cambiarse de bragas.

—Ahora vuelvo —balbuceó mortificada y sin saber muy bien qué decir.

Sam la agarró del brazo y la giró para obligarla a mirarlo

—Oye. ¿Me tomas el pelo? No estarás avergonzada, ¿verdad?

Ella asintió.

—¿Por qué? No lo estés. Esto ha sido lo más excitante que he vivido jamás —le dijo, sus manos acariciándole los brazos de arriba abajo.

—Yo.. yo no hago cosas así. No reacciono de esta manera —¡Mierda! Estaba tartamudeando—. Nos odiamos mutuamente.

Agarrándola por los brazos, la sacudió ligeramente.

—Es posible que tú me odies, pero yo nunca te he odiado, Maddie. Nunca.

La acompañó hasta la mesa. Señaló con gesto de invitación una de las sillas.

—Siéntate. Voy a calentar la comida en el microondas.

Después de sacar ibuprofeno de su cartera, Maddie se sentó, su cuerpo y su mente aún aturdidos. Cogió la taza de café y se tomó las pastillas para el dolor de cabeza con media taza de café tibio, de un trago. Instantes después, Sam colocó los platos recalentados en el microondas delante de ellos.

—¿Quieres más café?

Ella negó con la cabeza.

—Quizás más tarde.

Él se quedó de pie, mirándola por un instante antes de empezar a enredar con su pelo. Tiró del elástico del condón. Una risotada estridente y masculina se escapó de su boca.

—Muy creativa, cielo – comentó.

Ella lo miró con aire de suficiencia.

—Sin duda. Me alegro de que seas XL o no hubiera sido lo suficientemente grande para sujetarme el pelo.

—También eso tendría sus ventajas —respondió sutilmente mientras se sentaba.

Maddie no iba a entrar en debate con él. Viéndolo comer los huevos, la panceta y las patatas con tal voracidad, aunque impecablemente, Maddie nunca hubiera dicho que aquel hombre le acababa de procurar el orgasmo más increíble de su vida, usando nada más que sus talentosos dedos y su boca.

Se encogió de hombros, cogiendo el tenedor con dedos ligeramente temblorosos.

Empezó despacio, dado su escaso interés en la comida en ese momento, pero ganó velocidad y limpió el plato en un santiamén.

—Dios mío. Estaba delicioso. No sabía que cocinaras.

Él le devolvió una sonrisa maliciosa.

—Nunca me preguntaste. Y no tenía mucho con lo que trabajar cuando estábamos juntos. Mamá quiso enseñarnos a Simon y a mí a cocinar. Se me quedó lo que aprendí y lo disfrutaba. Simon, nunca.

En aquel entonces, solo tenía un infiernillo en el apartamento porque el fogón no funcionaba. A pesar de eso, tenía talento. Aún recalentado, aquel era el mejor desayuno que había comido en mucho tiempo.

—A Kara le da pánico dejar a Simon en la cocina —dijo Maddie con una sonrisa, recordando las dos ocasiones en las que Simon había intentado cocinar. Ambas una pesadilla. En una de ellas se dispararon las alarmas de incendio a causa del humo.

Sam puso el tenedor y la servilleta en el plato vacío y cogió su café.

—Es extraño, porque Simon siempre ha sido el creativo.

Maddie lo miró con la boca abierta al tiempo que cogía su tazón.

—Eso no es cierto. Tú eres brillante.

Sí, Sam podría ser un perro con las mujeres, pero era un increíble hombre de negocios. Maddie había seguido el desarrollo de su compañía, aunque nunca lo admitiría públicamente. Sam se había encargado de producir los vídeo juegos de Simon y elevar el negocio a la estratosfera. Luego siguió con la expansión de la Hudson al mercado inmobiliario y a otras empresas, convirtiéndola en una de las más diversificadas y poderosas corporaciones del mundo. Simon era todavía el cabeza de la división de video juegos, pero Sam era el principal artífice de su estatus como multimillonarios con todas las demás empresas.

Sam se encogió de hombros.

—Yo no era más que el chico de los recados. Simon era el cerebro detrás de todo.

–¿Realmente lo crees? Sé que él hizo los diseños iniciales, pero ¿quién los vendió, los comercializó, quién invirtió en otras empresas, quién las comenzó? Él puede ser el brillante creador de video juegos, pero tú eres el genio del negocio. La compañía la hicisteis los dos.

Sam bebió un trago de café y puso el tazón sobre la mesa, mirándola con asombro.

–Madeline, si no te conociera mejor, pensaría que me estás haciendo un cumplido.

Poniendo los ojos en blanco, Maddie se levantó y recogió los platos. Luego, los enjuagó antes de ponerlos en el lavavajillas.

–Digo lo que pienso. Puede que mayormente no me gustes, pero no puedo negar que eres un hombre de éxito.

Un éxito desmedido.

Sam la ayudó con los platos. Volvió a llenar los tazones de café y los puso sobre la mesa.

–Tenemos que hablar, Maddie.

–Lo que tengo que hacer es irme a casa. Necesito arreglarme y volver para el ensayo –le dijo casualmente, sin querer oír lo que tuviera que decirle. Su tono era demasiado serio, demasiado como el Sam que conoció, y la añoranza la hacía débil, anhelando algo que nunca podría volver a repetirse.

–Tienes ropa aquí. Siéntate –refunfuñó con expresión implacable.

En lugar de sentarse, cogió el tazón de café y le dio un sorbo, mirando a Sam con prevención.

–Dime lo que tengas que decirme. Con respecto a mi vida, tu opinión es irrelevante, pero te escucho. Luego, debo irme.

Le parecía la forma más expedita de librarse de él. Necesitaba quitarse de en medio y evitar la presencia del hombre más deseable que jamás había conocido. Inmediatamente.

–Tú, hoy, no vas a ninguna parte. Ni mañana. Ni pasado mañana –respondió hostil, quitándole el tazón de las manos y poniéndolo en la mesa–. Te vas a tomar algún tiempo de descanso mientras te piensas mi proposición.

–¿Y cuál es? –masculló, cruzándose de brazos.

—Quiero que dejes tu trabajo en el hospital y que te dediques por completo a la clínica. Como médico de plantilla. Pondría tu sueldo inicial en medio millón anual y podrías hacer todo tu trabajo durante el día. Te quiero fuera de allí antes de que oscurezca y no puedes trabajar más de cinco días a la semana. Esto te permitirá dedicarle más tiempo sin tener que bregar con dos trabajos.

—Es una clínica gratuita. No pudo ponerme un sueldo —replicó perpleja.

—Funciona con donaciones. Yo puedo elevar la mía y pagar tu sueldo con ella. Tengo muchos contactos que estarían más que dispuestos a ayudarte a llevar la clínica. Todo lo que tengo que hacer es llamarlos.

Levantó las cejas, como retándola a desmentirlo.

Evidentemente, él tenía contactos, otros hombres de negocios ricos que juntos podrían subvencionar la clínica en su totalidad. Dios mío. Lo que sería poder ir a la clínica todos los días, un lugar donde podría realmente marcar la diferencia en la vida de otros. A ella le gustaba su trabajo en el hospital y era reconfortante cuidar a los pacientes allí, pero no era lo mismo que ayudar a gente que no podía pagar un seguro médico. Y había un sin número de médicos a los que les gustaría tener su trabajo en el hospital. En la clínica… no tantos.

—No valgo tanto dinero. Solo soy médico de familia. No gano esa clase de sueldo.

¿De verdad estaba considerando la oferta? ¡Mierda! Le había puesto por delante una zanahoria que casi le era imposible rechazar.

Se trata de Sam Hudson, Maddie. Ten cuidado.

El caso es que no quería tener cuidado. Quería aprovechar la oportunidad.

—¿Y dónde está el truco? —preguntó juiciosa—. No hay ganancias para ti, excepto una mayor desgravación de impuestos por tu participación en una organización de caridad. ¿Por qué tantas molestias por mi clínica?

—Porque así sé que estás segura todos los días y que sales de la clínica antes de anochecer, que duermes, que comes —dijo encogiendo los hombros—. Las condiciones son inamovibles. No trabajo de noche y no más de cinco días a la semana.

La estaba manipulando, y no le gustaba. Sin embargo, era difícil no aceptar cuando era algo que siempre había querido.

—Baja mi sueldo. Preferiría usarlo para pagar personal a tiempo completo. Solo necesito lo suficiente para pagar mis préstamos estudiantiles y la hipoteca, aparte de otros gastos menores.

—No. Te pagaré lo dicho y también tus préstamos estudiantiles. Me aseguraré de que las donaciones alcancen para pagar al personal y comprar tecnología punta.

Cruzó los brazos, hierático. Estaban negociando, pero Maddie sentía que cada vez que abría la boca él quería darle más.

—¿Por qué quieres hacer todo esto? La verdad.

—Lo hago por ti —replicó Sam, penetrándola con la mirada—. Y en parte por mí —admitió reluctante.

— ¿Tenemos que firmar contratos? —preguntó, queriendo saber si estaría legalmente protegida. Quería creer que Sam era sincero, pero no se dejaría embaucar por él otra vez. Una rotura de corazón masiva era más que suficiente. Había puesto su confianza en él una vez y la hizo pedazos. Ahora, desconfiaba de todo lo que le ofrecía.

—No. No si aceptas la oferta en su totalidad —sentenció con autoridad.

—¿Qué más incluye?

¿Qué más podría ofrecer?

—Quiero que te quedes embarazada —dijo bruscamente—. Estarás en posición de tener un hijo y quiero ser yo quien lo haga. No quiero el germen de ningún otro hombre dentro de ti.

Maddie dio una bocanada, el corazón a cien. ¿Se había vuelto loco?

—¿Quieres ser mi donante de esperma?

—Ni hablar. O sí … pero a la antigua. Estoy dispuesto a intentarlo tanto como sea necesario. Cada día. Cinco veces al día. O hasta que me supliques que pare, y aún entonces no estoy seguro de que pararía.

La atrajo hacia él y le desató el pelo, enterrando posesivamente los dedos en la maraña de rizos. La cabeza de Maddie le daba vueltas, el corazón le golpeaba el pecho, tanto que juraría que iba a romperle el esternón.

—Eso requiere… Mucho sexo…Sexo sin protección.

Ni hablar.

—No me gusta el sexo y tú eres un putero. No podrías pasarte una semana sin una mujer. No tendrías bastante conmigo. Y, definitivamente, no quiero compartir enfermedades con tus amiguitas.

No va a ocurrir. Tener a Sam Hudson como el padre de la criatura que tan desesperadamente deseo lleva la palabra "complicado" escrita.

—Estoy limpio. Te daré un certificado médico.

Echándose hacia atrás, la miró fijamente con sus ojos esmeralda, perturbadores, tempestuosos, como si estuviera controlándose a sí mismo.

—No puedo. Confié en ti una vez. No puedo hacerlo otra vez. Especialmente no con la posibilidad de un hijo entre los dos —dijo Maddie con tristeza, los ojos empezaban a llenársele de lágrimas. Increíblemente, casi deseaba cerrar el trato. ¿Cómo sería tener al hijo de Sam Hudson, *su hijo*, entre los brazos? La verdad la golpeó tan fuerte que se tambaleó: no solo quería un hijo, sino que también quería a Sam. Sus problemas con el sexo no tenían nada que ver con su fisonomía. Todo se reducía a Sam. Ningún otro hombre había sido Sam, así que no había deseado a nadie más. Cuando se trataba de compartir algo tan íntimo, solo había una persona posible, un hombre que le había roto el corazón hacía tantos años.

Debo estar loca, ser una estúpida masoquista, para sentir de esta manera.

—No he estado con una mujer desde hace meses. No podría. Y hasta entonces solo me he acostado con mujeres que tenían el pelo rojizo, cuerpos con curvas y a quienes no les importaba que dijera tu nombre cuando me corría —dijo irritado—. Mujeres que solo querían dinero y cosas materiales, porque no tenía nada más que ofrecerles.

—Sam, estás con una mujer diferente cada semana.

—Amigas que me acompañan a los eventos sociales. No me acuesto con ellas. No tengo deseos de acostarme con una rubia larguirucha. Estoy obsesionado con una pelirroja menuda que me odia— rio, sin humor, una risa autocrítica.

Dios mío, ¿sería verdad? Aún así, la había engañado cuando estaban saliendo. Como el proverbial leopardo que no puede cambiar sus manchas, Sam no podía haber cambiado tanto, ¿o sí?

—No puedo. Nunca funcionaría. No puedo acostarme contigo, quedarme embarazada y largarme.

Acabaría conmigo.

—Si te largaras, iría detrás de ti

Sus orificios nasales se ensancharon, mirándola con tal intensidad que ella a duras penas pudo mantenerle la mirada.

—Y bien, ¿por qué querrías algo así? —preguntó con curiosidad.

—Creo que no lo entiendes, Madeline. No estoy pidiendo dejarte embarazada o follar contigo, aunque bien sabe Dios que me gustaría.

—¿Qué quieres?

Respiró hondo, exhalando lentamente, su cuerpo en tensión.

—Quiero casarme contigo. No te estoy pidiendo unos pocos meses de sexo desenfrenado. Te estoy pidiendo una eternidad. Tú, yo, una familia. Todo. Todo lo que deberías tener pero no has tenido todavía. No te merezco, pero cómo te deseo. Tanto que me está matando.

Volvió a respirar hondo… y esperó.

Capítulo 5

S am contuvo la respiración, observando cómo la expresión de Maddie se tornaba escéptica mientras intentaba digerir lo que le había dicho. Sorpresa. Incredulidad. Terror. Emociones reflejadas en los ojos avellana de Maddie al mirarlo. No, él no lo sentía así realmente. No quiso decir nada de lo que había dicho excepto por lo de convertir la clínica en su trabajo permanente para hacer su vida más fácil. Pero luego vio esos malditos papeles y perdió los estribos.

Ningún hombre pone nada dentro de mi mujer, artificialmente o no. Si quiere un hijo yo le daré uno, o moriré feliz intentándolo.

Un súbito deseo de poseerla, un deseo desenfrenado, lo invadió, apretó los puños, necesitaba poseer a la mujer que estaba delante de él, una mujer a la que había deseado siempre, al parecer. Cuando decidió dejarla lo hizo porque pensó que sería lo mejor para ella. Se acabó. No lo iba a hacer otra vez. Evidentemente, ella no era feliz, algún tipo la había tratado como la misma mierda y no tenía la familia que siempre había querido. Estaba sola…o había estado sola. Ahora, Sam, estaba decidido a quedarse con ella. Para siempre. Aunque lo odiara, él la trataría mejor que cualquier otro hombre; satisfaría todas sus necesidades hasta que le suplicara piedad.

¡Que a ella no le gusta el sexo! ¡Y una mierda! Simplemente no había encontrado un hombre que quisiera complacerla. Maddie era la pólvora que él quería hacer explotar. Quería hacer un espectáculo de fuegos artificiales con ella, un orgasmo tras otro, hasta que le rogara parar, su cuerpo sin fuerzas y saciado.

Sam no vio la palma de la mano que se acercaba a su rostro, sus fantasías y deseos tan intensos que se perdió en ellos. El golpe fue lo suficientemente fuerte como para volverle la cara y lo suficientemente sonoro como para que se oyera su eco en la cocina.

—¿Cómo puedes? ¿Cómo puedes jugar conmigo de esta manera? Hijo de puta, ¿qué te he hecho para merecer esto? —Maddie siseó como una gata, con rabia en los ojos, llenos de lágrimas—. No quiero seguirte tu ridículo juego, Hudson.

Sam la agarró por la muñeca cuando ella estaba a punto de darle otra bofetada. Le apretó la muñeca lo suficientemente como para inmovilizarla, pero no tanto como para hacerle daño.

—No. Probablemente mereciera esa bofetada por haberte hecho daño en el pasado. Pero no voy a aceptar otra por pedirte que te cases conmigo y darte todo lo que deseas.

—Tú eres un maldito embustero. No quieres casarte conmigo, ni siquiera quieres financiar la clínica. Esto es un chiste cruel, retorcido...Y no entiendo por qué.

Se le saltaron las lágrimas. En sus ojos había dolor y confusión.

—Maldita sea, Maddie.

La sostuvo en sus brazos. Ella pataleó y se retorció hasta que él la rodeó con los brazos, inmovilizándola.

—No es ningún puto juego. No soy una persona retorcida. No tanto.

Un poco sí, pero no en esto, no con ella.

Furioso, echando humo, la llevó en brazos al salón. La dejó caer sobre un espacioso sofá de piel, se echó encima de ella, sujetándole las muñecas, conteniendo sus manos agitadas por encima de la cabeza.

Respirando intensamente, Sam la miró a la cara, sosteniendo su propio peso con las piernas, lejos de su pequeño armazón. Los ojos de Maddie vertían lágrimas, un caudal que no parecía tener fin. ¡Mierda!

—Por favor, Maddie, no llores.

No podía soportar que llorase. Ya había tenido suficientes desengaños y dolor en su vida. Sabiendo que él era la causa de sus lágrimas, no importaba si intencionalmente o no, lo mataba.

Ella desvió la cara.

—Suéltame. Quiero irme de aquí.

—La oferta es sincera, Maddie. No estoy seguro por qué crees que te haría una jugarreta así, pero no tengo ninguna razón para hacer eso. Piénsalo bien. No tiene sentido —suspiró frustrado.

Volvió a mirarlo y le clavó los ojos como buscando en su alma.

—Tanto sentido como que me pidas que me case contigo. Nos odiamos mutuamente.

— Tú me odias. Yo no te odio. Nunca lo he hecho —dijo con aspereza, intentado reprimir el cúmulo de emociones que lo embargaban.

—Tú no querías tener relaciones sexuales conmigo, tampoco. Y ni siquiera me respetaste lo suficiente como para romper conmigo antes de follarte a otra. Me importabas, Sam. Y verte con esa mujer supuso una burla a todo lo que habíamos compartido. Nuestra amistad. Nuestra relación. Todo fue un chiste a mi costa.

Maddie tiró de las manos y Sam la soltó, incorporándose para darle espacio, ahora que parecía más calmada.

—Maddie, yo…

—Así que disculpa si creo que esto no es más que otra puta mentira, pero no me fío de ti. Y por una buena razón —dijo, pasándose una mano temblorosa por el pelo y empujándolo hacia atrás para despejar los caprichosos rizos de la cara, cara aún humedecida por las lágrimas vertidas.

—Necesito irme. ¿Puedes llevarme a la clínica para recoger mi coche?

—No. Tú te quedas aquí. El ensayo empieza dentro de unas horas —insistió él, la mandíbula tensa—. Aún no me has dado tu respuesta a mi proposición.

—Porque no creo que sea necesario, pero si quieres una, la respuesta es no. Absolutamente no —dijo cogiendo aire—. Me rompiste el corazón una vez. ¿Tan estúpida crees que soy? A menos, claro, que puedas darme una buena razón por qué estabas comiendo lengua con una mujer tan espectacular ese día.

—Porque no tenía elección —gritó con bronquedad, como una explosión surgiendo de lo más profundo de su cuerpo—. Tenía que hacer que te alejaras de mí para que no salieras perjudicada. Esa mujer, que me llevaba al menos quince años, era una agente del FBI. ¿La miraste siquiera?

Se encogió de hombros, con las emociones a flor de piel, incapaz de recordar aquel día de pesadilla sin que lo dominaran la ira y la frustración.

—Todo lo que recuerdo es que era guapa y que te tenía la lengua hasta la garganta. Y tú la manoseabas de arriba a abajo —respondió Maddie con voz quebradiza, triste por el recuerdo del dolor.

—Hacía bien su trabajo. Nos habíamos encontrado para buscar la manera de protegerte. Por eso te pedí que nos viéramos allí para tomar un café. Kate decía que la mejor forma de protegerte era alienarte, pero yo no podía hacerlo. Me importabas demasiado. Ella me dijo que si realmente me importabas, debería preocuparme por tu seguridad sobre todo. Tenía razón, pero yo no sabía cómo alejarme de ti, aunque sabía que de alguna manera tendría que hacerlo para que estuvieras a salvo. Así que cuando te vio venir, ella se encargó de hacerlo besándome y empujando su lengua hasta la garganta.

Me convenció de que la mejor manera de salvarte era hacer que me odiaras, así que, sí, le seguí el juego. No sabía si darle las gracias u odiarla hasta la muerte después de aquello. No quería poner mis manos encima de alguien que no fueras tú, Maddie. Me repugnó lo que estaba pasando, sabiendo que nos estabas viendo y que te sentías traicionada. Y si crees que no he vivido con la pesadumbre de tener que haber hecho algo así desde entonces, cada puto día, estás equivocada.

Sam se sentó al lado de Maddie y enterró la cara en las manos, odiándose todavía por lo que había pasado, pero sabiendo que había sido la única solución. En aquel entonces, había sido egoísta, demasiado joven, incapaz de alejar a Maddie de él por desearla tan intensamente, por necesitarla tanto. Y ella era tan leal que nunca lo hubiera dejado a menos que se sintiera traicionada.

—No quise hacerte daño, pero la idea de que te pasara algo me volvía loco. Hice lo que tenía que hacer.

—¿Por qué el FBI? ¿Te habías metido en problemas? —preguntó Maddie. Su voz seguía sonando a duda y confusión.

Él se recostó en el sofá, apoyando la cabeza en la piel.

—No yo. No realmente. Tú conoces mi historia, Maddie. Tú sabes que mi padre murió de una sobredosis y que tenía contactos con el crimen organizado.

—Sí —dijo asintiendo también con la cabeza—. Me lo contaste. Murió poco después de conocernos.

—Yo sabía cosas. Cosas que podían ayudar a acabar con la organización. Mi padre no era una buena persona. Yo estaba continuamente en medio de él y de Simon, haciendo lo que fuera necesario para que el hijo de puta no le hiciera daño a mi hermano pequeño. Aún era un menor cuando empecé a hacer "recados" y otras cosas bajo coacción. Por tanto, yo no estaba metido en nada realmente. Pero sabía lo suficiente como para ayudar a demoler una organización internacional de criminales.

Hizo una pausa para respirar hondo antes de continuar.

—Vine a Tampa con la esperanza de alejar a mi familia de todo aquello, de empezar una nueva vida y dejar la otra atrás. Pero una vez que te conocí comprendí que no podía enterrar mi pasado y huir, pretender que no sabía ciertas cosas. Quería ser una buena persona, y un hombre decente no sería tan egoísta como para no intentar evitar el dolor y la muerte causados por esta organización. Tenía que hacer lo que pudiese para acabar con aquellos hijos de puta. Fui al FBI alrededor de diciembre, les di información y trabajé con ellos en la investigación. Llevó meses, pero finalmente infiltraron agentes y tuvieron suficiente información para destruir todo el entramado. Desgraciadamente, se corrió la voz de que yo era un soplón y eso me hizo a mí y a cualquiera que me importara blancos de la organización. Kate me ayudó a comprender que no podía permitirme tener relaciones estrechas con nadie. Yo era un peligro para todos los que me conocían.

—Yo me hubiera quedado contigo. Habría hecho cualquier cosa.

—Y hubieras acabado muerta. No podía asumir ese riesgo.

Se incorporó, agarrando a Maddie por los hombros, sacudiéndola levemente.

—Ni siquiera pude proteger a Simon y a mi madre a tiempo. Simon fue acuchillado por alguien de la organización, en pago por la deslealtad de mi padre. Era gente que mataba sin pensárselo. Les importaba un huevo la vida de nadie. ¿Lo entiendes?

La voz le reverberó, con una emoción a punto de estallar. Tenía la cara salpicada de sudor, algo que le pasaba cada vez que recordaba lo que le había pasado a Simon y lo que podía haberle pasado a Maddie.

—Lo que le pasó a Simon no fue culpa tuya, Sam —respondió Maddie en un tono calmado, susurrando.

—Sí que lo fue. Yo era el hermano mayor. Tenía que haberlo protegido. Debería haber sabido que se vengarían en la primera persona disponible.

Soltando a Maddie, se dejó caer en el sofá nuevamente.

—Tú apenas eras lo suficientemente adulto. ¿Cómo podrías haber sabido?

—Debería haberlo sabido. Había visto a esta gente actuar desde que di mis primeros pasos —replicó calladamente, como si siguiera en peligro.

—¿Por qué no me buscaste después de que todo terminara? —inquirió Maddie temerosa.

—Tardaron un año en eliminar todas las células de la organización. Mi madre, Simon y yo estuvimos bajo protección del FBI, aquí en Tampa, hasta que el último capo estuvo entre rejas o muerto —le respondió Sam, pensativo, grave.

—Pero después de eso, ¿por qué no me buscaste?

—Lo hice.

Sam apretó los puños, le desagradaba recordar el día que fue a buscarla. Sabía que la había perdido, pero ese día concreto fue cuando realmente abrió los ojos a la realidad, cuando tuvo que admitirse a sí mismo que la había perdido para siempre.

—Nunca te volví a ver —replicó confundida.

—Yo te vi a ti. Esta vez fui yo quien tuvo que verte con otro hombre, con su lengua en tu garganta.

Arrugó el entrecejo; la expresión intensa.

—Te localicé en el campus, pero tenías encima a cierto tipo de pelo oscuro con pinta de atleta. Me pareció que estabas feliz. Él parecía ser un niño bien y podría hacerte feliz. Tú seguiste adelante con tu vida y no podía culparte por haber encontrado a alguien mejor que yo.

¡Joder, cómo me dolió!

—Lance —susurró Maddie—. Empezamos a salir poco más de un año después de lo que pasó. Deberías haber hablado conmigo.

— ¿Por qué? Todo lo que habría hecho sería complicarte la vida. No tenía nada que ofrecerte. Apenas había salido del peligro por mi colaboración con el FBI, sin un puto duro por estar ayudando a mi familia. Simon estaba estudiando entonces. Yo lo dejé para que él pudiera estudiar. Cuando fue lo suficientemente mayor para trabajar media jornada volví a la universidad para terminar mis estudios. Tú estabas con un tío que entonces parecía mucho mejor partido que yo.

Maddie nunca sabría lo difícil que había sido para él alejarse de ella, dejarla en brazos de otro hombre. Pero Kate estaba en lo cierto cuando decía que si alguien te importa, haces lo que sea mejor para esa persona.

—Si hubiera sabido que era un cabrón que no se iba a casar contigo y te iba a tratar como una mierda, te hubiera apartado de él al instante. Me imagino que es el mismo con el que tuviste la relación sexual de la que me hablaste. El hijo de puta que te dijo que tú eras asexual.

¡Dios! Lo que daría por echarle la mano encima a aquel gilipollas. Lamentaba haber dejado a su idolatrada Maddie en manos de alguien que no se la merecía.

—Así es. No salimos juntos por mucho tiempo. Seis meses —dijo encogiendo los hombros, mirando a Sam. El dolor en sus ojos era tangible.

—Me encontraba sola y quería olvidarte.

–¿Y no lo has vuelto a intentar desde entonces? –preguntó Sam curioso, su voz dulcificada.

Maddie negó con la cabeza.

–No. He salido esporádicamente con otros, pero… no hubo nada.

Con un dedo, Sam enjugó una lágrima que descendía por el carrillo de Maddie y se la llevo a los labios.

–De verdad, Maddie. No puedo imaginarme a ningún hombre dejándote ir.

–Excepto tú –sonrió Maddie con tristeza.

–Aún no te has ido de mí, y esta vez no te dejaré ir –dijo él con firmeza–. Quiero casarme contigo. No me has dado una respuesta.

Sam observó la expresión angustiosa de Maddie, que casi lo obliga a ponerse de rodillas ante ella. Necesitaba que le dijera que sí. Desesperadamente. Su cordura empezaba a depender de ello.

–Tú y yo no nos conocemos ya. No sé qué decirte ahora mismo– le respondió honestamente.

–Di que sí.

De una puta vez. Decir lo contrario no era una opción. Sam la sentó en sus piernas. Necesitaba sostenerla en brazos en ese momento, tenía que sentir su suavidad en sus brazos. Ella se quejó y quiso zafarse, pero él no la dejó.

–O te sientas tranquila o te pongo boca arriba a gemir un ratito.

La quería con urgencia.

–No puedo aguantar ese delicioso movimiento encima de mí sin arrancarte la ropa del cuerpo y saborear cada centímetro de tu piel.

Ella dejó de moverse inmediatamente y le rodeó el cuello con los brazos.

–¿Qué fue de Kate? –preguntó curiosa, descansando la cabeza sobre los hombros de Sam.

–No lo sé –dijo encogiéndose de hombros. Nunca la volví a ver después de la investigación. Estaba casada. Felizmente casada, con dos hijos. No tenía ningún deseo de morrearse conmigo. Yo solo era un pobre inepto para ella. Todo fue una treta para obligarme a cortar mis lazos contigo.

Perdió una mano en su pelo y empezó a masajearle la cabeza.

—Así que...¿Cuál es tu respuesta, Maddie?

—Sam, ni siquiera he digerido toda la información que me acabas de dar. No puedes esperar que acepte casarme contigo —dijo, empujándose hacia atrás y mirando a Sam con malestar.

— Si no me crees, puedes preguntarle a Simon. Él no sabe nada acerca de nosotros, pero puede verificar todo lo demás —le contestó, contrariado porque no lo creyera después de haber desnudado el alma para ella.

—No es eso. Necesito tiempo —suplicó—. Han pasado años, Sam. Hemos cambiado. No nos conocemos ya.

—Nos hemos conocido siempre, cielo. Mi alma reconoció la tuya en el mismo instante en que te vi.

Y esa era la verdad. No necesitó más tiempo para conocer su valía, para saber que ella era especial.

—Está bien. Entonces, dime que sí mañana.

Se sentía magnánimo ahora que la tenía exactamente donde la quería tener.

Maddie rio con un ronquido.

—Muy generoso por tu parte, pero creo que voy a necesitar un poco más que eso.

Sam le ladeó la cabeza, clavándole un mirada posesiva

—¿Cuánto más?

—No lo sé —susurró Maddie con ojos tristes.

¡Maldita sea! No la quería apesadumbrada. Quería que lo quisiera. No...necesitaba que lo quisiera.

—Te seduciré, y te haré el amor hasta que no te queden fuerzas para decir nada excepto que sí. Nadie planta nada ahí dentro sino yo.

Maddie puso los ojos en blanco.

—Nadie ha puesto nada dentro de mi. Lance usó un condón y no he tenido nada más, excepto un consolador, desde entonces.

Algo primitivo y carnal punzó las entrañas de Sam, la imagen de Maddie dándose placer hizo que su ya endurecido falo se levantara. Un instinto animal lo obligaba a codiciar ser el primero en llegar a su vientre. Nunca había tenido sexo sin protección. De alguna manera,

Maddie iba a ser la primera, la única, ya que no pensaba estar con ninguna otra mujer en su vida.

—¿Y cómo te va con el consolador? —se atragantó Sam, apenas capaz de articular la pregunta.

Ella encogió los hombros y le dirigió una sonrisa.

—Probablemente se hayan agotado las pilas. Hace tiempo que no lo uso.

¡Dios! Lo estaba matando.

—No lo necesitarás más —le dijo raspándole la piel, enterrando su cara en el cuello sedoso de Maddie.

Ella echó la cabeza a un lado, facilitando a Sam el acceso.

—¿Es cierto que nunca te acostaste con ninguna de esas mujeres? —murmuró.

—Lo que te dije es la verdad. Sé lo que las revistas de cotilleos dicen y lo que la gente piensa, pero no es cierto. Las mujeres con las que la gente me ve no son más que amistades o conocidas, mujeres que quieren asistir a fiestas. No presumo de ser un santo, Maddie, me he tirado a muchas. Pero ninguna era tú —respondió él, la voz espesada contra su piel.

—Te he echado de menos. ¡Te he echado tanto de menos! —replicó Maddie con dolor y tristeza.

Incapaz de detenerse, Sam deslizó a Maddie de sus piernas al sofá y se colocó encima de ella, cubriendo con su fornido armazón el cuerpo menudo de ella. Se sentía dulce, tan suave debajo de él que gimió cuando ella abrió la piernas para recibirlo y él sintió que, por fin, estaba en casa, exactamente donde debía estar. El contacto con su cuerpo, su embriagadora fragancia alrededor filtrándose por cada poro de su piel.

—Yo también te echaba de menos, cielo. Más de lo que te puedas imaginar —respondió sucintamente, dejando caer su cuerpo sobre el de ella, sujetando su propio peso con los codos, pero necesitando sentir toda su suavidad. Enterró la cara en los rizos sedosos de Maddie, abandonándose absorto en ella, respirándola una y otra vez hasta que todo su cuerpo se llenase de su esencia.

T. A. Scott

Mía. La necesito. Nunca habrá otro hombre mientras que me quede aliento.

Un sonido grave, incoherente, salió de su garganta, un sonido animal y desbocado.

—Nunca te dejaré ir. Puedes decir sí hoy o mañana, pero serás mía por siempre.

Llevó la boca a la Maddie antes de que ella pudiera decir nada, ahogando cualquier protesta que hubiera podido salir de sus labios. Le importaba un huevo lo que ella dijera, no hacía más que reclamar lo que debía haber sido suyo años atrás. Quizás debería haber confesado todo la primera vez que volvió a verla, hacía un año, pero no se había acercado a ella temeroso de que hubiera un hombre en su vida, un hombre que fuera mejor que él. Ahora que sabía la verdad, que nunca había sido atesorada como debería haber sido, no la iba a dejar escapar.

Ella sabía a café con azúcar y a tentación y casi lo llevaba a la locura. Cubrió de besos su boca una y otra vez, como si marcara una propiedad, necesitando que olvidara a todo hombre, salvo a él. Le latía el pene y restregó la pelvis en el vientre de Maddie, gimiendo de placer dentro de su boca, que lo recibió con fuego y con la promesa del éxtasis. Él deslizó sus brazos por detrás de ella, intentando acercarla más, sus pechos más apretados contra el suyo. ¡Dios! Necesitaba más. Más de ella, más de su calor. Ella gimió en la boca de él cuando Sam embistió de nuevo, barriendo con su lengua la húmeda, cálida cavidad, ansioso de su dulzor, revolcándose en su aroma.

—Tengo que tenerte más cerca. Desnudos. Ya —carraspeó, tras separar precipitadamente su boca de la de ella.

—Alguien llama a la puerta. He oído el timbre —resolló Maddie calladamente.

¡Mierda! Simon.

Miró el reloj, luego a Maddie, verdaderamente tentado de ignorar el penetrante tono del timbre una vez más. Maddie parecía tan preparada, tan relajada, tan dispuesta a que la penetraran que la frustración hizo que se tirara de los pelos.

—Lo olvidé. Es Simon. Continuamos luego —le dijo con una mirada enfebrecida.

Maddie se sentó, empujándose delicadamente.

—No va a ser posible. Se quedan hasta el sábado, ¿verdad?

—¿Y qué?

A Sam le importaba poco que ellos estuvieran en la casa siempre que Maddie estuviera con él.

—No voy a dormir en tu habitación mientras que ellos estén aquí — le advirtió Maddie amenazadora—. Esta es su boda, Sam. No voy a hacer nada que dé que hablar. Este momento les pertenece y yo necesito tiempo para pensar.

Se pasó la mano por el pelo, pero solo consiguió que sus rizos parecieran más indomables. Los ojos de Sam recorrieron su apariencia desaliñada con la satisfacción del macho. Parecía una mujer que acababa de ser forzada.

—No tienes nada que pensar. Solo tienes que decir sí —replicó beligerante.

Maddie saltó del sofá y se sujetó el pelo en una cola de caballo.

—Necesito mi goma.

Sam la miró sardónico.

—Eso no suena como viniendo de la boca de una mujer. En la cocina. Voy a buscarla.

—No, yo la busco. Tú abre la puerta. Pobres Simon y Kara están esperando en los escalones probablemente preguntándose dónde estás.

—Estaba a punto de pasarlo como no lo he pasado en mi puta vida. En mala hora, hermanito —gruñó Sam, dirigiéndose hacia la puerta.

Maddie se rio tímidamente, cubriéndose los labios para silenciar el ruido.

—Necesito algunas cosas de casa. Y pilas nuevas —le dijo mientras se pavoneaba a lo largo de la habitación.

Sam hizo un ruido animal, viéndola contonearse en dirección a la cocina. Ese dulce, insinuante, contoneo al caminar. Los glúteos embutidos en un par de vaqueros que nunca debió haberle pedido a David que comprara. Eran demasiado provocativos, se ajustaban a sus formas quizás demasiado bien.

¿Pilas? ¿Para qué necesita …?

¡El consolador! Qué jodida. Sonrió con afectación mientras se dirigía a abrir la puerta. Un tanto para Maddie. Y no le importaba dárselo, porque, al final, pensaba ganar por un margen aplastante. Agarró el tirador, intentando colocarse la pungente erección antes de abrir la puerta e intentando exorcizar la visión de Maddie dándose placer con el consolador.

—Esta me la vas a pagar, cielo —se susurró a sí mismo con una sonrisita mientras abría la puerta.

Sam había esperado una eternidad a Maddie, pero de repente no podía esperar más. Le habían dado una segunda oportunidad, y esta vez no se la iba a dejar escapar, porque nadie en el mundo la necesitaba más que él. Y nadie podría atesorarla tanto como él lo haría.

Resuelto a hacerlo, firme, como su erección, sonrió de oreja a oreja cuando recibió a Simon y a Kara en su casa.

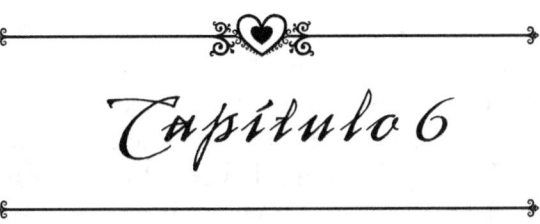

Capítulo 6

Maddie lloró en la boda. No lo pudo evitar. No le fue posible ver a Simon y Kara intercambiar los votos matrimoniales sin que las lágrimas le salieran a borbotones, estaba tan feliz por su amiga que casi le daba dolor. Mientras que los contrayentes se miraban uno al otro, Maddie podía ver el rostro de Simon. Kara estaba de espaldas a ella mientras recitaba los votos al que iba a ser su esposo. Todo en él reflejaba una emoción genuina, sin aditivos, cuando le repitió los votos a Kara, taciturno, pero con sentimiento.

Ella y Sam eran los únicos que formaban parte del cortejo nupcial, el resto lo constituía un número reducido de amigos y familiares. El clima había cooperado, de modo que todo se había dispuesto en el exterior, y la decoración era exquisita. Kara había querido una ceremonia sencilla, aunque había una espléndida celebración dispuesta para después de la ceremonia con cientos de invitados convocados en la elegante casa de Sam para darle la enhorabuena a la feliz pareja.

Kara parecía una princesa en su traje victoriano de seda y finísimo encaje color marfil. El estilo le iba muy bien a Kara, alta y esbelta. El traje se ajustaba en la cintura y la falda caía hasta el suelo en forma de campana.

Maddie estaba a su vez encantada con su traje verde esmeralda, con escote barco pronunciado, mangas cortas de farol, una hechura atrevida que la hizo estremecerse cuando lo vio por primera vez. Pero una vez que se lo probó, se enamoró de la cintura ceñida y la falda vaporosa que le cubría justo por debajo de la rodilla. El conjunto se complementaba con un lazo negro de seda que ondeaba trémulo a sus espaldas y terminaba en unos zapatos de tacón de hebilla. Maddie era consciente de que estaba tan bien como podía estar al lado de una mujer alta y deslumbrante como Kara.

Maddie miró a Sam por encima de la feliz pareja. Estaba deslumbrante. Simon llevaba el mismo esmoquin, pero con una corbata de lazo. Sam llevaba una corbata estrecha, negra con finas rayas de color verde esmeralda que hacían juego con su traje... y con los hermosos ojos de Sam. Todo en él era urbanita y sofisticado, hasta su postura y su expresión, un hombre obviamente cómodo con su atuendo y con todo lo que lo rodeaba.

Obligándose a apartar los ojos de Sam, Maddie volvió la mirada a Simon para verlo entregarse como esposo a Kara.

Cuando llegó el momento de la ceremonia en la que el ministro preguntó si alguien tenía alguna objeción al matrimonio Simon arrugó el entrecejo, amenazador, volviendo ligeramente la cabeza hacia el hombre del alzacuellos.

–Es mía. Continúe –informó con cierta irritación al ministro.

Maddie se mordió los labios para no reírse. Simon Hudson era posesivo y no era precisamente sutil ocultándolo. Miró a Sam y el corazón le dio un salto de alegría. Se dio cuenta que él intentaba ahogar una sonrisa, su mirada delatando su regocijo. Sus ojos se encontraron y se sostuvieron la mirada, compartiendo un instante de muda comunicación, de alegría compartida.

Finalmente, cuando consiguió apartar la vista de Sam, sintió un escalofrío recorrerle la espalda, como si alguien tuviera los ojos en ella. Estaba en una ceremonia con al menos cincuenta invitados. Todos miraban. Pero ella volvió la vista y sus ojos se tropezaron con los de un hombre que estaba en la primera fila, un hombre que parecía peligroso en su costoso traje de chaqueta, mirándola directamente, sin desviar los ojos de su cara. El hombre era atractivo en su tosca intensidad, con el pelo castaño y ojos penetrantes, como un láser, ojos que se clavaron en ella con intensa concentración. Incapaz de mirar para otro lado, obligada a no quitarle los ojos de encima, Maddie se sobresaltó cuando él articuló una sonrisa y le guiñó un ojo ...A ella. Verdaderamente, había algo tan magnético en él que no pudo evitar devolverle la sonrisa.

Volviendo la atención a Simon y Kara, las lágrimas le nublaron la visión cuando el ministro los declaró marido y mujer. Simon besó a la novia ... y volvió a besar a la novia ... y finalmente paró cuando Sam le dio una palmada de enhorabuena en la espalda, aunque Maddie sabía bien que lo hizo para evitar que Simon devorara a Kara delante de los invitados. Los ojos de Kara salpicados de lágrimas cuando abrazó a Maddie y recogió de nuevo su ramo de novia. Sam le ofreció el brazo y Maddie se agarró de él, siguiendo a la nueva pareja por el pasillo.

—Vi cómo Max te desnudaba con la mirada. Ni lo pienses —murmuró Sam entre dientes, sonriendo abiertamente al público mientras lo decía.

—¿Quién es Max? —preguntó confundida, siguiendo el paso detrás de Kara y Simon.

—Maxwell Hamilton. El cabrón de la primera fila que no te quitaba los ojos de encima. No lo culpo. Pero más le vale guardar la distancia o lo mato —rugió Sam cuando llegaban al final del pasillo. La agarró por la cintura, posesivamente, acercándola a su cuerpo.

Maddie no lo conocía personalmente, pero había oído hablar de él. Max Hamilton era otro de los que aparecían en las páginas del cotilleo demasiado frecuentemente por su fortuna y su poder.

—Sois amigos, obviamente. Está aquí.

—Sí, sí. Es mi amigo, pero ahora mismo no me gusta. No me gusta la forma en que te estaba mirando —respondió enérgicamente. —Tenemos muchos negocios en común.

Concluida la ceremonia, los invitados se abrieron camino hacia las carpas dispuestas frente al mar con mesas para comer, un bar y una tarta nupcial monstruosa. El sol empezaba a ponerse y un aire de cuento de hadas envolvió la celebración. Maddie aspiró profundamente el aire salado y húmedo, disfrutando el benigno atardecer.

—¡Todo es tan precioso! —suspiró.

—Sí. Todo. Tú estás impresionante, Maddie. ¿No te lo había dicho?

La miraba fijamente, recorriendo su cuerpo con las vista, recreándose en el pronunciado escote de su vestido.

—Una o dos veces —respondió, sonrosándose, mientras que él continuaba con la mirada fija en ella.

De hecho, se lo había dicho al menos cinco veces desde que la vio descender las escaleras hasta el área donde se celebró la ceremonia, y se había sonrosado como una estúpida cada vez. No era lo que decía, sino cómo lo decía. Parecía decirle que necesitaba hacerle el amor o moriría, así de indigente era el tono de su voz, una voz cuyo timbre le producía un escalofrío que le recorría la espalda y le humedecía la entrepierna.

—¿Cómo puedes llevar un sujetador con ese vestido? —preguntó Sam, sensual y desesperado, mientras manoseaba el sedoso tejido de la manga.

—No llevo —susurró ella como respuesta, mirándolo con fingida inocencia—. No es posible.

Un profundo vigoroso gruñido salió de la garganta de Sam que la hizo estremecerse. Solo con Sam había sentido esta clase se poder femenino, y era embriagador.

—Por caridad, Maddie. Estoy hecho un manojo de nervios desde hace unos días. No sé si voy a poder aguantar mucho más —dijo con la mandíbula tensa—. Y, por amor de Dios, no te inclines. Tendrás a todos los hombres salivando durante el banquete. ¡Mierda! Necesito un trago.

La cogió de la mano, que encapsuló por completo con la suya, y entrelazó sus dedos con los de ella de manera tan posesiva que hizo que el corazón de Maddie saltara de alegría. Todos y cada uno de los preparativos de la boda había salido a pedir de boca, todo perfectamente orquestado. Todo lo que tenían que hacer era disfrutar del festejo. Ver a Simon y a Kara juntos durante los últimos días había sido dolorosamente conmovedor, pero grato. Los dos eran como las dos mitades de un todo, tan felices juntos que casi era una tortura verlos. Kara había pasado por tantas cosas, sufrido en soledad tanto tiempo. Maddie daba gracias porque Kara hubiera finalmente encontrado un hombre que la haría feliz hasta el éxtasis. Su amiga estaba embarazada, pero no por el tiempo suficiente como para que se le notase. Aunque Maddie no lo hubiera creído posible, esto había hecho a Simon ser aún más protector y estar más al cuidado de Kara. Serían buenos padres. Un hijo nacido de ellos sería un hijo dichoso.

Sam le tiraba de la mano, llevándola hasta la lujosa carpa más próxima a la orilla.

—Sam, más despacio. Mis tacones —le recordó, dándole un tirón en dirección opuesta y señalándose a los pies cuando él se giró. Atravesaban el césped y ella no estaba acostumbrada a usar tacón alto. Si no frenaba el paso se iba a torcer un tobillo.

Él la miró apesadumbrado.

—Lo siento, cielo. Se me olvidó que tienes el paso más corto.

La cogió en brazos y la acurrucó cerca de su pecho.

—Problema resuelto— dijo con una sonrisa traviesa. —Me gusta más así, de todas maneras.

—Bájame —refunfuñó Maddie avergonzada—. Todo el mundo nos está mirando.

Golpear a Sam fue completamente inútil. Su mano rebotó en los poderosos músculos de los brazos de él como si estuviera abofeteando a una piedra. A ella le causó dolor en la palma de la mano. Él ni se inmutó. Continuó avanzando hacia la carpa, ignorándola.

—Déjalos que miren —replicó despreocupado.

—Maldita sea, Sam. ¿Estás intentando meterme mano? —amonestó Maddie conteniendo a duras penas una sonrisa. Un brazo musculoso la sostenía por las piernas y se las rodeaba de forma que la palma de la mano podía acariciarle los muslos por debajo de la vaporosa falda de su vestido..

—Pues sí. Estoy intentado echar un ojo a lo que se esconde detrás de ese provocativo talle. Uno no pierde la ocasión cuando está desesperado.

Él le dirigió una mirada desafiante y luego continuó mirando a sus pechos con una lascivia posesiva que le provocó un hormigueo por todo el cuerpo.

Maddie suspiró, inhalando profundamente, dejando que su olor masculino le anestesiara los sentidos. ¡Dios, huele tan bien! Cerrando los ojos por un momento, dejó que el impacto se filtrase en su ser, abrazando sus hombros y jugueteando con sus rizos en la nuca. Sentirlo cerca otra vez, sentir la robustez de su cuerpo contra el de ella era absolutamente decadente. Todo en Sam la atraía, la hacía querer sumergirse en él, fundirse con él. Era un sentimiento carnal, uno que nunca había sentido con ningún otro hombre. Como si Sam exudara feromonas y ella no pudiera ignorar el masculino, tentador, encantamiento de los sentidos.

—¿En qué piensas? —le preguntó Sam, su voz grave y seductora.

Maddie abrió los ojos y lo miró.

—En ti —respondió con franqueza.

Sam la miró con mayor intensidad y apretó el agarre alrededor de su cuerpo.

—Si no dejas de mirarme así, te llevo dentro, te desnudo y te follo hasta que me supliques parar… Y luego, volver a empezar —le advirtió con brusquedad.

Dejó que la advertencia le resbalase, enamorada de su intensidad. De hecho, no había nada que quisiera más que retarlo a cumplir su amenaza. Pero sabía que la cumpliría.

—Es la celebración de la boda de Simon —le recordó—. Bájame.

La bajó al suelo, con cuidado de que su vestido permaneciese alrededor de sus piernas para no avergonzarla en público.

—No quiero soltarte.

Dejó sus pies en el suelo, pero mantuvo los brazos alrededor de ella. Maddie no necesitaba que Sam se explicara porque sabía exactamente lo que sentía. Estar juntos otra vez era un sueño que no quería que terminase. Siempre habían encajado, como dos piezas de un rompecabezas, tan perfecta y naturalmente ensamblados que asustaba.

—Creo que ahora necesito ese trago del que hablabas.

Necesitaba algo, algo que la obligara a desamarrarse de Sam.

—¿Qué quieres? —le preguntó, soltándola definitivamente, con expresión de disgusto.

Tú. Dentro de mí. Ahora.

—No estoy acostumbrada a beber. Tú eliges.

Alisó las arrugas del vestido y se mojó los labios resecos.

Con una mano en la espalda, a la altura de la cintura, la llevó hasta una elegante mesa vacía. Después de ayudarla a sentarse, con una modales que hubieran enorgullecido a cualquier madre, ella lo observó mientras él se dirigía al bar, estaba sedienta, la lengua se le pegaba al cielo de la boca. Sam siempre había tenido el mismo efecto en ella. Una mirada, una caricia, un beso… y quedaba cautivada.

—Hola —dijo un bajo barítono por encima de ella.

Estirando el cuello, vio al hombre que le había guiñado un ojo un rato antes, durante la ceremonia, con una sonrisa espléndida en su rostro encantador. Y encantador era. Maddie estaba segura. Parecía uno de esos individuos que era capaz de salir airoso de cualquier situación, aunque lo cogieran con las manos en la masa.

—¿Qué tal? —respondió Maddie con cautela.

—Max Hamilton. Solo quería conocerla — dijo mientras extendía la mano.

Ella le devolvió el saludo.

—Maddie Reynolds. Encantada de conocerlo, Sr. Hamilton.

—Por favor, llámeme Max —dijo afablemente, retirando la mano y sentándose enfrente de ella.

—¿La doctora Reynolds? Kara y Simon siempre están hablando de usted.

—Llámeme Maddie.

Exploró su rostro, buscó en sus ojos verdes, acaramelados, algún indicio de maldad. No vio ninguno. No estaba segura porqué Sam había sido tan hostil con respecto a él. Parecía inofensivo y muy amistoso. Había algo en su sonrisa que a ella le gustaba, algo en él que ha ella le gustaba.

—Bonita boda —comentó Max, mientras dibujaba una ligera sonrisa.

—Bonita pareja —añadió ella, devolviéndole la sonrisa.

—Usted y la novia están guapísimas.

Ladeó la cabeza y lo miró, preguntándose porqué un tipo como él no estaba acompañado por una mujer. Era varonilmente atractivo y estaba forrado, lo sabía.

—Entiendo que ha venido solo. No lo he visto con nadie.

Había estado sentado al lado de un hombre mayor y de una señora que podría ser su abuela durante la ceremonia.

Negó ligeramente con la cabeza, su pelo cobrizo acentuado por el reflejo de las velas que iluminaban la estancia.

—No. Estuve casado. La perdí hace dos años —dijo pensativo.

En ese instante se arrepintió de haber preguntado. Lo había entristecido.

—Lo siento.

—¿Y usted? ¿No tiene marido, novio? ¿Está saliendo con Sam? Se les veía muy amistosos hace un momento —observó en tono divertido.

—No lo sé —respondió honestamente.

—¿Le importaría cenar conmigo, Maddie? —preguntó Max con toda seriedad.

Algo en sus ojos, algo en su voz, la empujaban a decir que sí. Quizás fuera el vacío que vio en su expresión o la soledad que adivinó detrás de su más bien misteriosa fachada.

—Sí, por supuesto, me encantaría.

No era más que una cena. No había razón para rechazar la invitación.

—Deme su número —dijo mientras sacaba el móvil.

Se lo dijo de carretilla, justo antes de que Sam volviera a la mesa con las bebidas.

Max sonrió, guardándose el móvil en el bolsillo, y se levantó.

—Sam, ¿cómo estás?

Sam puso cara de póker, una expresión siniestra.

—Estaba bien hasta que empezaste a tirarle los tejos a "mi" mujer —respondió ásperamente, dejando las bebidas en la mesa con un golpe mientras se encaraba con Max.

—No seas cavernícola, Sam. Me estaba presentando.

Max dio un paso adelante, como preparándose para vérselas con Sam.

—¿Le has dado tu número de teléfono? —gruñó Sam, mirando con desaprobación a Maddie.

—Siéntate, Sam. Max, ha sido un placer conocerte.

Sonrió a Max y le dirigió a Sam una mirada de aviso.

—El placer ha sido mío, Maddie.

Max le dio la mano de nuevo y se inclinó sobre su oído.

—¿Todo bien? Parece molesto —le preguntó por lo bajo, con preocupación.

Ella puso los ojos en blanco.

—Siempre está igual. No te preocupes.

—Hablamos más tarde.

Max se alejó, Sam le echó una mirada beligerante, queriendo decirle que estaba dispuesto a ir a por todas. Sus ojos se clavaron en la espalda de Max, con los puños apretados. Se sentó y derramó accidentalmente la mitad de su bebida antes de decir nada. Sus dedos se aferraron al vaso, furioso.

—Tú no vas a ninguna parte con él.

Maddie lo miró y bebió un sorbo de la cremosa mezcla blanca que le había traído.

—Umm…delicioso. ¿Qué es?

—*White Russian* —respondió enfadado—. ¿No me has oído, Madeline?

—Voy a seguir ignorándote hasta que hagas otra cosa que darme órdenes. No me gusta.

Le dio un trago a su bebida, disfrutando el gusto sedoso que le dejaba en el paladar.

—Hamilton no te conviene, Maddie. No se ha recuperado de la muerte de su esposa. Te haría desgraciada —refunfuñó, bebiéndose de un trago lo que le quedaba en el vaso.

—Parece muy solo —respondió ella con tristeza.

—Lo está, y lo siento por él, pero tú no eres la respuesta— dijo con acritud. —Tú ya tienes un hombre que te necesita desesperadamente. Eres mía, cielo. Siempre lo has sido.

Ella miró a los maravillosos ojos de Sam y cayó en sus profundidades, enteramente incapaz de negar que le pertenecía a él. Su mirada era a la vez vulnerable y agresiva, una combinación que la hacía desear abrazarlo y aliviarle el dolor.

—No puedes darme órdenes y esperar que te obedezca ciegamente, Sam. Yo tomo mis propias decisiones. Siempre lo he hecho. No soy la mujer ingenua que una vez conociste.

Tomó un sorbo de su bebida mientras lo miraba con total fascinación.

Pudo ver un velo de sudor cubriéndole la cara, sus emociones, a duras penas contenidas, asomando a la superficie. Sam se levantó y la cogió de la mano, haciéndola ponerse de pie.

—Vamos a bailar.

No fue una petición, fue una declaración.

Maddie dejó su vaso casi vacío sobre la mesa y lo siguió.

Capítulo 7

Bailar con Sam era como hacer el amor en la pista de baile. La abrazó, la acarició, la sedujo, le susurró obscenidades al oído hasta hacerla arder y empapar su ropa interior. Cuando abandonaron la pista de baile, después de bailar algunas canciones, Maddie estaba prácticamente jadeando.

Kara cortó su tarta de boda; arrojó su ramo de novia, que voló directamente a las manos de Maddie aunque no había hecho el más mínimo esfuerzo por cogerlo; Simon, por su parte, no se molestó en arrojar la liga de la novia. Se la quitó a Kara en privado y la puso directamente en el bolsillo de Sam con una sonrisa maliciosa. Para su sorpresa, Sam la aceptó con una amplia sonrisa y una palmada en la espalda a su hermano pequeño, dejando a Simon con la perplejidad escrita en el rostro.

–Hemos cumplido con nuestras obligaciones. Vamos a pasear – dijo Sam, con voz seductora, a Maddie, de pie, a su lado, mientras tomaban otra copa y observaban a los invitados abandonar poco a poco el banquete.

Maddie no preguntó adónde iban. No le importaba. Su mano buscó la mano de Sam y se perdió en ella. Lo seguiría adónde él quisiera llevarla.

Él cruzó lentamente a través del césped, soltándola de la mano y abrazándola por la cintura cuando llegaron a un sendero pavimentado. Hizo un gesto con la cabeza al guardia de seguridad que vigilaba el acceso al sendero.

–Nadie más puede entrar aquí esta noche –instruyó Sam con gravedad mientras hacía pasar a Maddie rodeando a aquel hombre de mediana edad.

–Sí, señor Hudson. Me aseguraré de que nadie pase –respondió el guardia.

Estaba oscuro, probablemente sin iluminar para mantener a los invitados lejos de las zonas donde Sam no los quería. Maddie suspiró con deleite cuando terminaron el sendero. La luz de la luna iluminando el embarcadero privado y el agua de la bahía, una vista increíble de puntos de luz en la distancia a la que se sumaba la belleza de los astros.

– Es precioso. ¿Es este tu embarcadero?

– Sí, es mío, para mi uso exclusivo –contestó de manera algo ominosa.

Maddie pasó al embarcadero, cuidando que sus tacones no se engancharan entre las maderas.

–Así que ¿aquí es donde te declaraste a Kara? –le preguntó, tratando de no parecer celosa porque Sam le hubiera hecho alguna proposición a su amiga.

–No era Kara lo que quería. Estaba borracho y posiblemente envidiaba la felicidad de Simon. No tenía ni idea lo en serio que él tomaba su relación y si no hubiera estado borracho nada hubiese pasado –respondió mientras la cogía en brazos.

–Aunque ella hubiese aceptado, nada hubiese pasado igualmente. Estaba demasiado bebido para hacer nada esa noche y una vez que estuviera sobrio no habría querido tener nada con ella. No es mi tipo.

Quería oponerse a que Sam la llevara en brazos, que soportara su peso camino de mirador que había al final de las tablas del embarcadero. Rodeó con sus brazos el cuello de Sam y apoyó la cabeza en su hombro, sabiendo que podía habituarse fácilmente a que la llevara. Sam era el deseable macho alfa que despertaba todo lo femenino que había en ella, de tal manera que solo deseaba fundirse con él, dejar que la protegiera por un instante.

—¿Y cuál es tu tipo? —preguntó Maddie con curiosidad.

—Una minúscula, seductora pelirroja a la que le gusta juguetear —replicó él, con un susurro viril, llegaban al mirador y subían algunos escalones.

Maddie se quedó boquiabierta al entrar, empujando con el hombro para abrirla una puerta de rejilla metálica. Todo el mirador estaba protegido por la rejilla para evitar mosquitos, excepto por una pared entera de cristal, facilitando una asombrosa vista del agua.

—Esto es increíble —susurró, mientras Sam la bajaba al suelo.

Evidentemente, alguien los había estado esperando. El lugar estaba permanentemente decorado con muebles de exterior a prueba de temporales, pero había velas encendidas en las mesas y una botella de champán descansaba en un cubo de hielo con dos copas en forma de tulipán al lado de una enorme, confortable tumbona para dos.

—Vengo mucho aquí. Hay silencio y me da paz —mencionó Sam, quitándose la chaqueta del esmoquin y arrojándola en una silla—. Me gusta el agua.

—Pero no tienes ninguna embarcación—notó Maddie, viendo que no había ninguna amarrada al embarcadero.

Él encogió los hombros y se dejó caer en la tumbona.

—Nunca he necesitado una. Puedo estar en el agua sin moverme de aquí.

Abrió los brazos, invitándola.

—Ven aquí. Quiero discutir tu comentario acerca de ciertas pilas y cómo eso me ha afectado los últimos días.

Maddie se mordió los labios nerviosamente. En realidad, lo que Sam quería decir es que quería una revancha, una reciprocidad que probablemente incluyera besos de cortar la respiración y tortuosos juegos eróticos. Lanzó una mirada fugaz a la puerta.

—Ni se te ocurra. Puedo levantarme y alcanzarte en segundos, especialmente con esos zapatos —le razonó con un tono de fingida amenaza—. O vienes a mí o voy por ti.

Suspiró, sabiendo bien que no deseaba irse. Bajándose de sus tacones, se deslizó en la tumbona y al instante se vio rodeada por unos brazos bien formados que la abrazaban fuertemente contra un pecho igualmente fuerte.

—¡Qué mandón eres! —le dijo, aparentando contrariedad.

—Siempre lo he sido. ¿Ahora te das cuenta? Simon empezó a decírmelo en cuanto pudo hablar —replicó entre risas.

De hecho, esa manera de hacerse cargo de las situaciones fue algo que ella siempre admiró en él, pero Sam había elevado el ser autoritario a un nivel superior. Supuso que se debía a su éxito.

—Eres distinto ahora —reflexionó. Sam era educado y culto, pero no estaba segura de que hubiese cambiado tanto en su interior. Como entonces, aún tenía que pulir las aristas a sus emociones. Solo había aprendido a encubrirlas tras una apariencia exterior apacible.

—¿Y eso es bueno o malo? —preguntó él, su mano subiendo y bajando por el brazo desnudo de Maddie, poniéndole la carne de gallina.

—Ni uno ni otro —respondió ella, convencida que, debajo del brillo y el esplendor, seguía siendo la misma persona. Algo que era, a la vez, alarmante y reconfortante.

—¿Qué tal te han servido las pilas nuevas? —preguntó Sam, el sonido de su voz grave, áspero.

—Muy…estimulantes. Gracias —rio con un ronquido mientras jugueteaba con la corbata de Sam.

—Tuve que pelearme conmigo mismo cada noche para no echar abajo la puerta del cuarto de invitados, desnudarte y follarte hasta que gritases de placer. Me masturbé todas las noches pensando en cómo te estarías consolando.

En su voz un matiz de deseperación. Empujó hacia abajo la diminuta manga del vestido de Maddie.

—Y hoy tuve que esconder mi erección toda la tarde desde que te vi pidiendo guerra con este vestido, especialmente cuando me di cuenta que no había nada entre él y tus pechos, esperando que los tocara con mis dedos, mi boca.

A medida que Sam empujaba las mangas, el vestido empezó a deslizarse. Entró su mano por un lateral del cuerpo del vestido, abriéndose camino entre el tejido y su pecho desnudo.

El calor se apoderaba del vientre de Maddie, los pezones endurecidos y sensibles tras oír las fantasías eróticas de Sam. Jadeó cuando él, posesivo, le cubrió los pechos con ambas manos, pellizcándolos ligeramente.

—Sam —susurró con una voz de indigente que apenas ella misma reconocía.

Con una maniobra sutil la puso debajo de él de forma que permitía a Maddie mirarlo con deseo directamente a los ojos. Le faltó la respiración cuando vio el ansia y la necesidad reflejados en aquellos ojos verde esmeralda que tenía encima, una imagen de él que ella había querido ver por mucho tiempo, una fantasía erótica hecha realidad.

—Eres mía, Madeline. Siempre lo has sido y siempre lo serás. Puede ser que un día me hagas perder la puta cabeza, pero al menos seré un loco feliz.

Sí. Sí. Sí.

Todo su ser ansiaba a Sam Hudson y solo a él. Su dominación la excitaba, su olor la envolvía con deseo carnal.

—Entonces, tómame, Sam.

Se acabaron las esperas, las preguntas. Solo existía aquel hombre para ella. Él había sido siempre el único.

—Te vas a casar conmigo, Maddie. Prométemelo —exigió él, sus manos empujando las mangas del vestido de Maddie, bajándole la mitad superior hasta que sus pechos se liberaron, dejando sus brazos atados a los costados por las correas que el vestido había formado.

—Me lo pensaré —le respondió, gimiendo al contacto de la boca de Sam con sus pechos, que los apretaba manteniéndolos unidos para ir de uno a otro más fácilmente. Su boca le mordió suavemente un pezón y lo succionó sensualmente antes de pasar al otro. De uno a otro, una y otra vez, hasta que la tortura del placer hizo enloquecer a Maddie.

—Prométemelo —le ordenó, dándole un ligero lengüetazo en un pezón.

Ella agitó sus caderas, restregándose en la erección de Sam, necesitando el roce, necesitando ser colmada, necesitando todo de él.

—Por amor de Dios, métemela. Lo demás lo dejamos para luego —dijo vehementemente mientras abría los brazos de un golpe, rasgando las breves mangas del vestido, sin un ápice de titubeo, para dejar sus manos libres y poder tocarlo.

Sus manos penetraron los rizos de Sam, sosteniéndole la cabeza contra su pecho, urgiéndole que le diera más. Bajando los dedos temblorosos por su espalda, rodeó con sus piernas la cintura de Sam y restregó, insistente, desesperada, la pelvis contra las ingles de Sam.

Levantó la cabeza y de los pechos de Maddie se fue a la boca, un reclamo dominante que la hacía gemir ante la embestida de su lengua y martillear su saturada vagina aún más intensamente en la entrepierna de Sam. Su abrazo era salvaje y desenfrenado, sus manos sosteniéndole la nuca, sus desesperados dedos haciendo que los alfileres del pelo saltaran por los aires, manteniéndola inmóvil para poseerla. Sus lenguas se enredaron en un duelo de hambre, un duelo salvaje e indomable.

Con un grito atormentado y masculino, Sam cayó de rodillas. Se despojó de la corbata y el chaleco, sin tomarse el tiempo de desabrocharlo, arrancándole los botones. Hizo lo mismo con la camisa, todas las prendas desechadas esparcidas por el suelo. Maddie se incorporó y Sam, inmediatamente, localizó la cremallera en la espalda del vestido, la bajó y tiró del vestido caderas abajo. Maddie le facilitó el trabajo de tirar de él piernas abajo levantando las caderas.

—Dios mío, Maddie. Eres la cosa más deliciosa que he visto en mi vida. Nada puede comparársete —dijo deslumbrado, puesto en pie para terminar de desvestirse. Sus ojos no se separaban de ella, reclinada de nuevo. La miró fijamente mientras se quitaba los pantalones, calcetines y calzoncillos, sus ojos vertían deseo.

Abrió la boca asombrada cuando vio el pene erecto de Sam, enorme, izado sobre la planicie de su delineado abdomen, la necesidad tensando los labios de su vagina vacía. Sam tenía el cuerpo que habitaba en las fantasías sexuales de todas las mujeres. Grande, muscular y perfecto. Lo era para ella, el hombre perfecto. Todo él era su Sam, incluyendo la atenta, erótica mirada que él le dirigía desde sus intensos ojos.

Siempre insegura de su cuerpo, debería haberse sentido avergonzada, pero no lo estaba. A Sam le gustaba su cuerpo curvilíneo y, además, estaba en buena forma gracias a los ejercicios aeróbicos que practicaba varias veces a la semana. Viendo la expresión de Sam, no repudiaba ninguna de sus curvas en ese momento. Él, sin duda, adoraba sus redondeces y su algo voluminoso trasero. La hacía sentir como una deidad sexual, un sentimiento normalmente ajeno a ella.

—Ven —le rogó, extendiendo los brazos hacia él. Necesitaba sentir su cuerpo contra el de ella, llenándola por completo.

— No, ven tú primero —le dijo divertido, tergiversando intencionalmente lo que ella quiso decir—. Me muero por saborearte y lo haré.

A gatas se acercó a la tumbona, se acomodó entre los muslos de Maddie, y le abrió las piernas. Llevaba unas delgadas braguitas verdes y unas medias altas color carne con encaje festoneado en la parte superior.

—Sam, yo no he …. Yo no … yo —tartamudeó nerviosa.

—¿Nunca has dejado a un hombre que te hiciera esto? —dijo retumbando, sus dedos masajeando delicadamente el pedazo de piel expuesto entre la media y la braga.

— Nadie me lo ha pedido —gimió cuando la lengua de Sam sustituyó a los dedos, lamiendo su carne con sensuales, lentos movimientos.

—Bien —respondió Sam con satisfacción de macho —. Y yo no te lo voy a pedir, cielo. Me llevo lo que es mío. Lo que siempre ha sido mío.

Ella permaneció en silencio mientras él lamía juguetonamente sobre las casi inexistentes bragas, acariciando los húmedos labios vaginales a través de la finísima tela. Temblando, Maddie cerró los puños en el cabello de Sam, sintiendo que no podría soportar más los preámbulos.

—Más, Sam. Te necesito.

—Aquí me tienes, Maddie. Siempre me has tenido —le contestó Sam sin levantar la cabeza de su monte de Venus.

Sus bragas se desprendieron acompañadas del sonido de un tirón y desgarros que solo le hizo sentir alivio, cada vez estaban más cerca de su unión. El primer contacto de su boca fue agonía y éxtasis, una sensación diferente a todo lo que había conocido. De pronto, se alegró de que fuera Sam el primero en hacerle esto, un acto tan íntimo que hubiera sido un sacrilegio hacerlo con otro. No con Sam, nunca con Sam. Lo que sentía con Sam era la necesidad de aún más. Masajeó su cabeza gimiendo de deseo cuando su lengua la recorrió hasta llegar al clítoris, donde se detuvo vacilante, dibujando círculos a su alrededor hasta hacerla querer gritar.

—Sigue, sigue —rogó jadeante, arqueando la espalda cuando los dedos de Sam se sumaron a la boca, separando los labios de su vagina con una mano mientras que con la otra se abría camino con el dedo índice a través de su estrecho canal.

Sí... Sí.... Tómame. Llena el vacío.

—Dios, Maddie. ¡Qué apretada estás! Tan apetitosa —inarticuló Sam sin levantar la cara de la vagina de Maddie.

Habían pasado años y no estaba muy abierta, pero el ensanchamiento se sentía increíblemente bien. Levantó las caderas, pidiendo más.

—Haz que me corra. Te lo suplico.

Su cuerpo estaba a punto de arder espontáneamente, pulverizado de gotas de sudor, cada célula del mismo suplicando un respiro. Agarró la cabeza de Sam, necesitando más fricción, pidiendo a gritos un desahogo.

Sam llevó la lengua al clítoris y empezó a devorarlo, lamiendo, tragando sus fluidos como una fiera hambrienta, sus dedos la penetraban con un ritmo de abandono salvaje, mientras seguía estimulándola con la lengua y con los livianos pellizcos de su boca.

—Sam. Dios. Sí —siseó, su cuerpo se contraía, el clímax acercándose para golpearla con toda su fuerza, las paredes de su canal contrayéndose en torno a los dedos de Sam. Todo su cuerpo palpitaba y se agitaba con el poderoso éxtasis. Sus dedos se aferraron a los cabellos de Sam para soltarlos acto seguido, estremeciéndose al tiempo que las sedosas fibras le cubrían las manos.

–Increíble.

Cada uno de sus sentidos estaba hiperestimulado. Jadeando, se desmoronó lentamente mientras que Sam continuaba recogiendo con codicia cada gota de su orgasmo, alargando el placer para Maddie hasta hacerlo casi insoportable.

Cuando él se puso de rodillas, Maddie vio cada vena marcada en el falo congestionado, su rostro intenso, tan carnal que Maddie sintió un espasmo de deseo por tener a Sam dentro de ella.

Queriendo darle el mismo placer que él le había dado, se acercó al masivo miembro, deseosa de sentir su sedosa textura bajo los dedos. Se sentó, hizo contacto con la mano, tocando la húmeda, bulbosa cabeza con un suspiro.

–No, Maddie, no lo hagas.

Sam la agarró por la muñeca tan intensamente que la sobresaltó. Al mirarlo, su expresión la previno de llevar la boca al glande. Parecía aterrado y nervioso. Su expresión no duró más que un suspiro y desapareció para dar paso a una expresión de culpa. Aflojando su agarre, sentó su cuerpo ardiendo para hablarle.

–Lo siento. A veces simplemente no me gusta… ser tocado – dijo con frustración.

Ella le quitó la mano de su muñeca y le rodeó el cuello con sus brazos.

–Y así, ¿puedo tocarte? Abrazó con sus piernas la cintura de Sam y presionó sus pechos contra él. Le pasó los dedos por los dibujados músculos de su espalda hasta la cintura y los volvió a subir.

–Sí. Tócame así –gimió como si lo torturaran.

–Te necesito, Sam.

–Yo te necesito a ti, cielo. Ahora.

Él se llevó la mano al pene y lo colocó a la entrada del estrecho túnel.

–¡Estás tan cerrada! No quiero hacerte daño.

Sam entró el glande y ella lo oyó mugir. Tenía el cuerpo empapado por el esfuerzo de contenerse.

—Métemela, Sam. Ahora. No vayas despacio… ni con cuidado. Lo necesito.

Quería que empujara, llenándola una y otra vez. No le importaba nada si apenas le cabría, simplemente lo necesitaba dentro.

Él se lanzó dentro de ella con un empuje contundente, enterrándose en su angosta caverna. Maddie gimió, abierta al máximo posible, llena de Sam. En ese instante, nada más existía en el mundo exterior. Sólo su ansia por el hombre que la estaba poseyendo, reclamándola, dominando su cuerpo.

—He soñado con este momento, Maddie. Tantas veces – dijo entrecortado, mientras salía y volvía a entrar–. Esto es mejor de lo que soñé.

—Yo también –jadeó, con las piernas apretando las caderas de Sam, pidiéndole más–. Métemela, Sam. Haz nuestros sueños realidad. Por fin.

Todo fue apasionado y carnal, fruto de la necesidad y la desesperación. El pene de Sam la martilleaba hasta lo más profundo, agarrándola por los glúteos, pegándose a ella una y otra vez. El aire era denso en torno a ellos y sus cuerpos empapados se abrazaron en un sutil, erótico vaivén hasta alcanzar la cima del placer.

—Córrete, cielo. Córrete por mi. Quiero ver cómo te corres.

Sus palabras la llevaron al límite, el clímax atravesaba su cuerpo rugiendo con la violencia de un volcán. Aferrándose a Sam como si su vida dependiera de ello, clavándole las uñas en la espalda, explotó, gritando, convulsionándose, sus fluidos bañando con exuberante tibieza el pene de Sam.

Tenía la espalda arqueada, sus pechos enrojecidos por el vellocino del pecho de Sam, que hacía temblar su cuerpo. Echando la cabeza hacia atrás, gritó su nombre y el mundo alrededor desapareció, siendo el hombre al que se aferraba, su masa de músculos, la única cosa material que le impedía perderse también en un torbellino sideral.

Sam la siguió inmediatamente con un bramido de agonía, su calor inundó las entrañas de Maddie mientras su cuerpo se desmoronaba encima de ella.

—¡Dios! —gritó, derrumbándose sobre el cuerpo de Maddie, su pecho palpitante, su respiración raída—. Joder. Voy a aplastarte.

Se giró a un lado y se la acercó, rodeándola con sus brazos.

Permanecieron en silencio mientras recuperaban el pulso y sus cuerpos descendían las alturas del orgasmo. Maddie descansaba sobre el pecho de Sam, saciada y feliz como nunca lo había estado.

—No hemos usado condones —dijo por fin, no sin remordimiento.

—Tienes mi informe médico —replicó él, su voz algo enronquecida.

Ella no lo había leído todavía, pero no era ninguna enfermedad lo que le preocupaba. Él no le hubiera dado su informe si no fuera positivo en su totalidad.

—Yo no te he dado el mío —replicó ella.

—Entonces, compartiremos lo que sea que tengas. Si es mortal, moriré contigo — contestó Sam, completamente en serio—. No puedo vivir sin ti nunca más, Maddie. Es demasiado doloroso.

Maddie tuvo que tragarse un nudo en la garganta. Ella sentía lo mismo por él. Vivir sin Sam había sido como vivir en la oscuridad, esperando que un día saliera el sol.

—No tengo nada. Pero no estoy tomando la píldora. No tengo el ciclo, pero sigue siendo arriesgado. Soy médico, por el amor de Dios.

—Me voy a casar contigo de todas maneras —resonó, enrollándose para envolverla con su cuerpo—. Te vas a casar conmigo, Maddie.

No fue una pregunta, fue una exigencia.

Ella sonrió, mirando a su macho alfa por encima de ella, condenadamente masculino en su dominación.

—Te dije que ya hablaríamos de eso.

—Es ya. Y tú me perteneces —declaró posesivamente.

—Ya lo veremos —murmuró ella, empujándolo hacia abajo para darle un beso de ternura que se tornó rápidamente apasionado. Besar a Sam era como acercar una llama a la gasolina. Se inflamaba instantáneamente al rojo vivo.

—¿Estás intentado desviar la conversación? —le reprochó Sam cuando pudo coger aire.

—No. De verdad. Sólo quería recuperar el tiempo perdido —le dijo seductora, juguetona.

–Creí que no te gustaba el sexo –le recordó él con voz sugestiva.

–Me parece que he cambiado de opinión –dijo jugando con el pie en los gemelos de Sam.

–Creo que tengo que trabajarte dando un giro de 180° –respondió con un susurro ronco.

–¿Siempre consigues lo que te propones? –preguntó Maddie, echándole una tórrida mirada.

–Puedes apostarlo –contesto Sam con agresividad, enterrando sus dedos en la leonina, indomable mata de pelo de Maddie.

Mientras él procedía a amaestrarla con solo un beso, Maddie se convenció de que Sam estaba en lo cierto.

Capítulo 8

—¿Que Sam te ha pedido que te cases con él? —Kara chilló de alegría, abrazando a Maddie y olvidándose de hacer la maleta.

Maddie correspondió al abrazo de su amiga.

—Bueno, yo no diría que fue exactamente un ruego. Más un ultimátum.

Kara se sonrió, sentada en la cama al lado de su maleta, mirando a Maddie.

—Normal. Se trata de un Hudson. Creo que el deseo de dominar el mundo lo llevan en los genes, especialmente Sam, y ambos tienen una seria sobredosis de instinto de protección de las mujeres que aman.

Maddie compartió una sonrisa cómplice con Kara. Después de que ella y Sam lograran escabullirse dentro de la casa por las escaleras de atrás, se habían separado, explicando Sam que tenía algunos asuntos que tratar con Simon antes de que él y Kara se fueran de luna de miel. Maddie se había duchado rápidamente y había venido a decirle adiós a Kara, a la que informó de todo puntualmente, ansiosa de compartir con su amiga todo acerca de Sam. Kara era, posiblemente, una de las pocas personas que entendía a los Hudson.

—Nunca me ha dicho que me ama. Y ha sido más una propuesta de negocio que de matrimonio —puntualizó Maddie, con el corazón encogido. El mismo instante en que abandonaron el muelle, sentía que Sam se alejaba, la cercanía que habían encontrado uno en los brazos del otro se desvanecía.

—Maddie, siempre ha saltado a la vista que tú y Sam habíais tenido algo, algo inacabado. Te puedo asegurar que lo de su colaboración con el FBI es cierto. Simon me dijo algo acerca de ayudar a desmantelar una organización. Simon siempre ha admirado a Sam por lo que hizo. Pero tuvieron que ser protegidos por esto por algún tiempo. No me cabe duda que lo que Sam te ha dicho es cierto —dijo Kara con dulzura y consideración—. Con todas sus faltas, Sam es una buena persona. ¿Qué vas a responderle?

—No lo sé —dijo Maddie con sinceridad—. Él insiste y yo necesito tiempo. Pero si apenas nos conocemos ya. Lo nuestro pasó hace años. Apenas nos habíamos hecho adultos. ¡Han pasado tantas cosas desde entonces! Los dos hemos cambiado.

—Puedo decirte, por experiencia personal, que la paciencia no es exactamente una virtud de los Hudson —rio Kara.

—Lo descubrí hace tiempo —dijo Maddie poniendo los ojos en blanco. Señaló a la maleta abierta—. Hablando de eso. Mejor que sigas haciendo la maleta, querida.

Kara se levantó. Le habló a Maddie, sus ojos cariñosos y cálidos

—Maddie, dudo que tanto Sam como Simon puedan haber sobrevivido su infancia sin sufrir algún daño colateral. No hagas caso de las fanfarronadas de Sam, busca en su corazón.

—No creo que me deje —admitió Maddie—. No entiendo nada de lo que está pasando. ¡Todo ha sucedido tan deprisa!

Kara dobló unos pantalones vaqueros y los metió en la maleta.

—¿Deprisa? Todo lo contrario. No creo que Sam se olvidara nunca de ti. Para él, lo vuestro no se terminó jamás.

—Creo que para mí tampoco —susurró Maddie, sabiendo bien que era cierto. Sam podía haber cambiado con los años, pero seguía siendo … Sam. Ella había sido capaz de resistirse cuando creía que él la había engañado, cuando pensaba que había amado a un hombre que nunca existió. Ahora que sabía que lo había hecho por protegerla, que la había querido, no dejarse enredar en su entramado de celo sofocante y necesidad desesperada era poco menos que imposible.

–Dale una oportunidad. Sam siempre ha sido inquieto, infeliz. Lo esconde bien, pero es infeliz –observó Kara como en un ruego–. Quiero que los dos seáis felices.

Maddie suspiró.

–Intentaré frenar las cosas para que podamos llegar a conocernos.

Kara rio con un ronquido.

–Buena suerte. Cuando un Hudson decide que quiere algo, se sirve y que Dios ayude a la mujer si protesta.

–Tú aprendiste a manejar a Simon –le recordó divertida Maddie a su amiga.

–Él me deja creer que lo manejo. Pero no es así. Él me calma, pero en realidad es un hombre tortuoso –respondió Kara con adoración.

–¿Te acostumbras a ello? ¿A alguien queriéndote tanto? –Maddie preguntó contemplativa.

–Por supuesto. Es totalmente adictivo. ¿Qué mujer no quiere saber que es el centro del universo de su hombre? –Kara respondió ensoñadora–. Fui de estar completamente sola a vivir en completo delirio. Me quedo con la obsesión de Simon antes que con un hombre a quien no le importas una mierda. Él me ama y su obsesión me hace sentir segura, protegida, querida. Si algo de lo que él hace está un poco fuera de lugar, no me importa. De hecho, me excita. Lo que verdaderamente importa es lo mucho que nos amamos.

Maddie encogió los hombros, admitiendo que sentía de la misma manera. La actitud dominante, sobreprotectora, de Sam la excitaba. No se había sentido querida en casi toda su vida y la desesperación de Sam por ella la volvía loca, lo quería de la misma manera impulsiva.

–Quizás sea eso lo que me molesta. Podría engancharme a él fácilmente.

Kara rio y le guiñó un ojo mientras cerraba la maleta.

–Entonces engánchate. Revuélcate en su lodo. Dudo que él vaya a cambiar. La testarudez es otra traza de los Hudson. Una vez que saben qué quieren, no paran incluso después de conseguirlo.

Maddie no le dijo a Kara que ya había probado esa seductora codicia.

—Te voy a echar de menos —dijo abranzando fuertemente a Kara—. Diviértete.

Simon y Kara se iban de luna de miel en un *tour* de tres semanas por el Reino Unido y Europa y Maddie se sentía feliz por Kara. Su amiga no había tenido una vida fácil y Kara se merecía lo mejor.

—Te llamaré —dijo Kara enfática mientras se abrazaba a Maddie—. No seré capaz de soportar esta duda. Necesito saber lo que pasa.

—Creo que tendré que averiguar yo misma qué pasa antes de poder decirte nada —dijo Maddie riendo, soltando el abrazo a su amiga.

Kara se llevó las manos a la cadera y le lanzó a Maddie una mirada de reproche.

—Al menos tómale la palabra acerca de financiar la clínica. Tú sabes que estás deseando hacerlo.

Por desgracia, Maddie sabía que estaba deseando aceptar el trato en su totalidad. Simplemente no estaba segura si su corazón lo aguantaría.

—Si la quieres, cásate con ella.

Sam miraba a su hermano, Simon, deseando que fuera así de fácil.

—Me voy a casar con ella. Ya se lo he dicho.

—Pero, ¿se lo pediste realmente? —insistió Simon incómodo.

—No. Simplemente le he dicho que se iba a casar conmigo. Podía haber encontrado otro en todos esto años y no lo ha hecho. Ella se queda conmigo. Al menos, no voy a tratarla como una mierda y puedo darle todo lo que quiera. Algún día se le pasará eso de que me odia… Espero.

Cuando Sam se había despedido de Maddie, bajó a la biblioteca y se lo contó todo a Simon, necesitando una opinión masculina.

—Eres el colmo. Al menos yo le pedí a Kara que se casase conmigo. No pensaba dejarle que me rechazara, pero al menos se lo pedí —le regañó Simon, lanzándole a su hermano mayor un mirada de recriminación.

—Le dije que quería que se casara conmigo. ¿No es lo mismo? —respondió Sam irritado.

—No. No exactamente, hermanito —replicó Simon—. No creo que Maddie sea el tipo de mujer que quiere que le digan lo que tiene que hacer. Es como Kara en eso. Tienes que hacerle creer que tiene control de la situación de vez en cuando.

—¿Por qué? —insistió Sam, mirando a su hermano con una mirada de contrariedad.

—Si hago eso, se me podría escapar. No estoy dispuesto a dejarla ir esta vez. Se va a casar conmigo.

Simon asintió con la cabeza, enfático.

—Muy bien. En ese caso, no tienes elección. Tienes que hacer que se case contigo.

—Por el amor de Dios. ¿De verdad estoy escuchando a mis dos hijos hablar de matrimonio como si estuvieran cerrando un negocio en la edad de piedra? Samuel Hudson, vas a cortejar a esa mujer apropiadamente y luego, educadamente, le vas a pedir que se case contigo.

Su madre, Helen Hudson, irrumpió en la habitación, fulminado con una mirada de reporche a Sam.

No soporto esa mirada. Me hace sentir como un parvulito.

Sam devolvió a su madre una sonrisa cautivadora, aunque sabía que no le iba a funcionar. Mamá siempre había estado encima de él.

—Solo hablamos de posibilidades, mamá.

Helen se acercó a él y estiró el cuello para mirarlo más directamente a los ojos. Por extraño que pareciese, aunque tuviera que mirar hacia arriba para hablar con él, su mirada de saber bien de lo que hablaba lo hacía bajar la cabeza como a un niño sorprendido en el acto.

—O tratas bien a esa mujer o perderás tu oportunidad —lo avisó firmemente.

—He visto cómo estabas hoy con ella. La necesitas.

Sam no podía contradecir su argumento. Definitivamente, la necesitaba. El asunto era… cómo hacer que ella lo quisiese.

Simon estaba de pie detrás del escritorio, su madre le daba la espalda y Sam lo vio sonreír con afectación.

—Y no seas listillo, Simon. Hoy te has casado con una mujer maravillosa. Mejor que la trates bien —amonestó Helen sin siquiera volverse, haciendo que Simon se sentara y borrase la sonrisa de su cara.

Sam miró a su madre con afecto. Realmente, la mujer tenía ojos en la nuca.

—Yo trato a Kara como una princesa— objetó Simon, recostándose en el sillón.

—Más te vale seguir haciéndolo— respondió su madre.

Helen aún llevaba el traje de la boda, espléndida en su traje azul marino con zapatos a juego. Su pelo rubio estaba permanecía perfectamente peinado y no parecía lo más mínimo cansada del largo día que había aguantado ayudando desde el amanecer hasta el momento presente. Aunque Sam le había pedido que se fuera a casa, ella se había quedado para supervisar la recogida.

Si me hubiera acordado de que seguía aquí, habría cerrado la puerta.

Cruzándose de brazos, impacientemente, Helen preguntó sin rodeos.

—¿He oído bien? ¿Has dicho que ibas a casarte con esa chica, Samuel?

Hostias. Estaba de verdad en un apuro si lo llamaba Samuel.

—Ella se va a casar conmigo —respondió testarudo a su madre.

—Ella es una mujer educada, guapa. Deja de tratarla como si fueras un cavernícola y quizás lo consigas. Pero no puedes darle un mazazo en la cabeza y arrastrarla hasta tu cueva. Se merece todo el respeto —lo amonestó Helen.

—Yo la respeto. No me casaría con ella si no lo hiciera —argumentó Sam.

—Entonces, trátala bien y deja de comportarte como una mula —replicó Helen—. Me gustaría verte tan feliz como lo es Simon, Sam —terminó decir con voz anhelante, acariciándole la mejilla—. Los dos merecéis ser felices.

Sam se inclinó y besó a su madre en la mejilla. Helen Hudson no había llevado una vida fácil, y les había dado a él y a Simon todo lo que había podido mientras crecían, incluido todo su amor. Sabía que ella solo quería su felicidad.

—¿Estamos listos?.

Kara irrumpió en la habitación vestida con unos pantalones vaqueros, un suéter de moda y botines, Maddie la seguía.

Simon saltó del sillón tan precipitadamente que casi lo tumba.

—Sí, sí. Estoy listo, cariño. Vámonos.

Sam estuvo a punto de estallar de la risa ante la impaciencia de Simon. Sabía que su hermano no solo estaba listo para iniciar su luna de miel, sino ansioso de huir de su madre en las raras ocasiones en las que esta se ponía a pontificar.

Maddie permaneció al lado de Kara, después de haberse duchado y puesto unos vaqueros y otra camiseta marcándole los pechos. Las tres mujeres se agarraron del brazo y se dirigieron a la puerta, abrazándose y besándose como si no fueran a verse nunca más. Kara había sido amiga de la madre desde hacía años y Maddie había tenido una relación muy amigable con ella a lo largo del último año.

Sam las siguió, deseoso de verlos a todos fuera. Quería estar a solas con Maddie.

Simon lo cogió por el brazo.

—Te aconsejo que sigas tu plan. Usa la maza si es necesario.

Sam asintió con la cabeza, hipnotizado por el leve contoneo de Maddie mientras caminaba junto a Kara y su madre hacia la puerta.

Mía.

Una posesividad animal le golpeó las entrañas cuando vio a su hembra sonreír a su madre y a Kara.Volvió la cabeza para ver a Simon mirando a Kara exactamente de la misma manera. Simon se volvió a Sam y sus ojos se encontraron, intercambiando una intensa mirada de entendimiento y afinidad antes de hacerse un gesto de complicidad con la cabeza.

Le daría a Maddie tanto tiempo como necesitase, pero en algún momento usaría sus tretas de cavernícola. No podría evitarlo. ¡Maldita sea! La necesitaba tanto...aunque no se la mereciese.

Pensando en su reacción cuando ella quiso tocarle el pene, frunció el ceño. Debería haber intentado explicarse. Pero era algo de su pasado que no quería recordar, no quería explicar, ni siquiera a Maddie. Especialmente a Maddie. No quería ver su expresión de repulsión cuando se lo dijera, cuando descubriera la podedumbre que había en su pasado. Hubiera hecho lo que fuera por proteger a su hermano, pero eso lo había marcado. Maddie podría ser médico, pero también una mujer muy vulnerable. Ese episodio de su vida pertenecía al pasado y quería dejarlo allí.

Pero la rechacé, la reprimí.

Porque había necesitado hacerlo. Pensar en ello lo hacía sentirse menos merecedor de una mujer como Maddie. Ella no necesitaba contagiarse de sus miserias.

Quería que me tocara, quería sentir su boca sobre mí.

Su reacción había sido instintiva, una aversión que había tenido desde la niñez. Como había ciertas cosas que no toleraba sexualmente, había convertido en arte el dar placer a la mujer. Y Maddie había sido servida. Se había corrido tan exquisitamente, tan eróticamente... Sólo pensarlo le hizo casi aullar en alto, llevándose las manos a la cabeza y empujándose el pelo hacia atrás con frustración. Todas y cada una de sus experiencias sexuales palidecían al lado de su increíble encuentro con Maddie, la personificación de todas sus fantasías sexuales.

Intentando acallar el pasado, intentando no recordar lo muy jodido que aún estaba, se unió al resto.

Capítulo 9

Pasaron varios días antes de que Maddie leyera el informe médico de Sam. Por alguna razón no volvieron a hacer el amor en la casa de Sam. Se fueron a la cama después de que Kara, Simon y Helen se fueran, agotados por la boda. Durmió en la enorme cama de Sam, deseando que él la tocara, pero no lo hizo. De alguna manera, parecía distante, muy diferente de cómo habían estado durante su increíble experiencia en el muelle. Permaneció esquivo el día siguiente. Pasaron un mañana de ocio y la tarde viendo películas en su sala de proyección hasta que ella tuvo que volver a casa para hacerse cargo de algunos asuntos profesionales antes de volver al trabajo.

Había aceptado la proposición de Sam de hacerse cargo de la clínica como entidad de caridad y había presentado al hospital su dimisión. Sam había insistido tenazmente que no volviera a trabajar en la clínica hasta que pudiera dedicarse a ella la jornada completa. Él mantenía a sueldo a personal substituto hasta que pudiera volver. A ella no le había gustado mucho, pero accedió. Si trabajar exclusivamente en la clínica significaba que tenía que esperar unas semanas para volver, lo haría.

Sam no volvió a mencionar el matrimonio una vez que llegaron a un acuerdo acerca de la clínica. Ella se fue de su casa con un breve adiós y planes para mejorar la clínica y él le dijo que la llamaría.

Habían pasado tres días y aún no había oído nada de él. Ahora, el desasosiego empezaba a apoderarse de ella y su cerebro no le daba un respiro.

Algo no andaba bien. Su reacción cuando lo toqué fue como si...

Abrió la carpeta de papel, con el pijama puesto y dando un trago a su copa de vino se atrincheró en el sofá. Sin saber muy bien por qué estaba leyendo el documento, pasó las páginas. Se encontró con el chequeo más reciente y los resultados negativos en todas las enfermedades posibles de transmisión sexual y en sus análisis de sangre de Sam. No era ninguna sorpresa que estuviera en perfecta forma física después de haber visto su cuerpo al natural, en primer plano, un espécimen increíble de perfección masculina.

Haciendo un esfuerzo por no pensar en eso siguió pasando las páginas, sin descubrir mucho, excepto unos anecdóticos incidentes víricos en los últimos doce años, pero nada significativo.

Maddie sabía que había visto lo suficiente para saber que Sam estaba perfectamente de salud, pero la curiosidad la llevó hasta el grueso informe que había detrás de todos los documentos, preguntándose qué había sucedido para que acumulara tantos documentos viejos.

Sus ojos se abrieron como platos cuando descubrió que eran todos informes sicológicos, documentación de sus citas con un sicólogo.

Víctima de abuso sexual... penetración anal forzada resultando en hemorragia rectal... tocamiento de ...entre los 11 y los 12 años.

Maddie apartó los ojos de los documentos con horror. Llevándose la mano a su corazón acelerado, intentó calmar su respiración agitada.

¡Dios mío, no! Hay un error. No puede ser Sam. Por favor, no él.

Terminó el vino en dos tragos y puso el documento en el sofá para servirse otra copa, le venían mil pensamientos a la cabeza.

Regresó con una copa de vino hasta arriba, temblando aún mientras se sentaba. Como médico, Maddie había visto los suficientes casos de violación y abusos sexuales. Todos y cada uno eran horribles, pero no podía aceptar que Sam hubiera sufrido de aquella manera.

A veces, no me gusta que...me toquen.

Maddie se estremeció recordando su profunda voz de barítono al decir estas palabras, la fugaz expresión de miedo en sus ojos al decirlas. Supo que algo no andaba bien, aquello fue una reacción instintiva. En algún lugar recóndito de su mente sonó la alarma en ese mismo momento, identificando su reacción como la de un hombre que de alguna forma ha sido dañado.

–Joder. Yo tampoco querría que me tocaran ahí si alguien me hubiera violado –susurro para sí.

Dejó el vino en la mesa y volvió a coger el documento. Sam empezó su terapia y la continuó por tres años. Saltándose la narración de los incidentes más gráficos, leyó las notas del sicólogo, que empezaban tres años después de su relación con Sam y que comprendían otros tres años de tratamiento a partir de ese primer día. Lágrimas brotaban de sus ojos mientras leía, un sollozo se escapó alguna vez mientras leía cómo Sam había luchado para superar los problemas causados por el abuso. Había sido un valiente, probablemente más valiente de lo que ella hubiera sido en su lugar. Sam había comenzado la terapia de forma voluntaria, con la esperanza de sobreponerse de ciertos síntomas que sufría y que eran similares al síndrome postraumático. Y se había curado. Había cosas que requerirían trabajo y paciencia el resto de su vida, pero había hecho todo lo posible para cicatrizar su trauma.

Posiblemente debería haberse sentido culpable por leer su historia, pero no era así. Sam aún tenía algunas cosas que tenía que superar y no podría ayudarlo si no lo hablara con ella. Sin duda, él quería dejarlo atrás, pero había algunas cosas que aparentemente todavía lo perseguían, cosas que solo superaría aprendiendo a confiar.

Maddie sabía que Sam no había tenido intención de que ella leyera esos documentos. Obviamente, le había pedido a alguien su informe médico y se lo habían dado. Todo. Sus visitas al psicólogo incluidas.

Limpiándose las lágrimas con la manga de su pijama, terminó su copa de vino y buscó el comienzo de la evaluación sicológica, sin estar lista para leer los hechos, pero decidida a hacerlo. Hizo un esfuerzo por mirarlos clínicamente, como un médico lee el historial de un paciente, pero no le sirvió de nada. Sollozaba a medida que leía, se le rompía el corazón a pedazos con cada incidente, incapaz de imaginarse nada excepto a su adorado Sam como un niño de once años, siendo víctimas de hombres que se excitaban torturándolo.

Apenas había terminado de leer cuando le sobrevino un náusea incontrolable que la hizo correr al baño, como un lamento por el dolor de Sam. Como médico, la doctora Madeline Reynolds tenía una voluntad de acero y un estómago de hierro. Pero como mujer, Maddie exhaló hasta aturdirse y marearse, olvidándose de que era médico, reaccionando como una mujer que amaba.

La noche siguiente, Maddie se pasó por la clínica después del trabajo en la clínica y se sintió completamente innecesaria. El joven médico que la sustituía, el doctor Turner, parecía tenerlo todo bajo control con la ayuda de una joven enfermera, rubia, que parecía idolatrar al atractivo doctor. Sintiéndose desposeída de sus dominios y aburrida, se encaminó a un restaurante donde iba a encontrarse con Max Hamilton. Tenía dos días libres y nada planeado. Dio un suspiro, desacostumbrada a no estar ocupada cada minuto del día. Le sabía bien tener ahora algún tiempo libre, pero los días eran solitarios cuando no tenía nada en qué ocupar el tiempo. Sus únicos planes eran cenar esa noche y probablemente darse un par de días para limpiar la casa, algo que solo hacía esporádicamente, cuando tenía tiempo. Le vendría bien una limpieza a fondo y no tenía otra cosa que hacer.

Respiró hondo al girarse para entrar en el restaurante, reconociendo que echaba de menos a Sam. Pero dejaría que él la llamara cuando estuviera listo. No tenía duda de que lo haría.

El restaurante era muy agradable, un lugar conocido por sus filetes y su marisco. Nunca había estado allí, pero se alegró de haberse puesto un vestido y tacones. Hacía un tiempo miserable, con viento y tormentoso, la temperatura por debajo de lo normal. Se metió las manos en los bolsillos y se apresuró hacia la puerta, cruzó la entrada tiritando.

—¿Doctora Reynolds? —preguntó la recepcionista.

—¿Sí? —respondió sorprendida y agradecida por la calidez del ambiente.

—La esperan. La llevaré hasta su mesa.

La mujer, alta y morena, le indicó a Maddie que la siguiera y la guió a través del sofisticado restaurante hasta una discreta mesa en una esquina. La decoración era sencillamente elegante, acabado principalmente en blanco y negro con grabados modernos, pero de buen gusto, una pared construida enteramente de cristal para mirar al mar.

Max Hamilton se levantó al ver a Maddie acercarse a la mesa. La recibió con una genuina sonrisa en los labios.

—Hola, Maddie. Me alegro tanto que hayas podido venir.

Estaba distinguido y elegante en su traje tostado, con una corbata tostada y azul marino a juego. Cada centímeto de él exudaba poder y control, pero nunca había percibido sensación alguna de malas intenciones detrás su sonrisa no lo había hecho.

La ayudó a sentarse antes de vover a su propia silla.

—¿Qué te gustaría beber? —preguntó, haciendo venir a un camarero y pidiendo un *whisky* con hielo para él.

—Solo una copa de vino —respondió, deshaciéndose de su abrigo.

Max ordenó una copa de blanco zinfandel mientras que ella aceptaba el menú de la mano de uno de los camareros.

Él la miró sin disimulo en cuanto el camarero se fue. Su mirada, indescifrable. Maddie lo miró con abierta fascinación. ¿Qué es lo que tenía este hombre que la atraía tanto, que la empujaba a querer abrazarlo hasta que no se sintiera solo nunca más. Soledad y tristeza parecían gravitar en torno a él como una nube de tormenta, aunque siempre lo había visto sonriendo. Podía distinguir las dos emociones, apenas perceptibles, pero devastadoras.

Desviando la mirada de su rostro, recorrió el menú.

—¿Qué es lo mejor aquí? Nunca antes había estado.

Él sonrió.

—Todo. Depende de lo que te guste.

—No soy particularmente exigente —respondió, burlándose de sí misma.

Les sirvieron las bebidas y pidieron lo que querían comer. Max le hizo un millón de preguntas mientras cenaban, con un interés adulador. Para cuando llegaron los postres, hablaban como viejos amigos.

—Dime, ¿cómo conociste a Simon y Sam? —preguntó curiosa antes de empezar su apetitoso mousse de chocolate.

—Nos hemos asociado para invertir en diferentes empresas durante años. Sam tiene instinto para elegir las inversiones adecuadas. Yo me limito a invertir —respondió, dejando su cuchara en el plato, una vez terminado el postre.

—Eso no es cierto —replicó ella, recordándole algunas de las inversiones que habían sido idea suya.

La miró sorprendido.

—Parece que estás atenta a la prensa financiera. Probablemente siguiendo a Sam —adivinó correctamente.

A Maddie le dolía admitir que había estado pendiente de Sam y sus logros financieros durante años.

Max hizo un gesto con la mano.

—No me ofendes. No te preocupes. Está claro que hay algo entre Sam y tú. Me gusta Sam. No estoy pensando pisarle el terreno. Solo quiero que seamos… amigos.

Titubeó al decirlo.

Maddie examinó su expresión. Parecía sincero, pero sospechaba que había algo más. Pensaba que lo que realmente quería era compañía, algo que ahuyentara la soledad que, para ella, emanaba desde su interior, un sentimiento de soledad tan profundo que era casi palpable.

—¿Dónde están tus padres, tu familia? —le preguntó, intentando descifrar por qué el hombre parecía tan solitario.

—Yo soy hijo único y mis padres murieron en un accidente de coche hace diez años.

Está solo. Completamente solo. Un alma gemela. Maddie sabía exactamente como se sentía. Y se compadeció de él. Por otro lado, deseaba no haberle preguntado.

Él le sonrió, una sonrisa cálida que lo hacía aún más atractivo.

–Tuve unos padres extraordinarios. Tuve mucha suerte, aunque los perdí demasiado pronto.

Maddie terminó el postre mientras escuchaba los recuerdos de sus padres, divertidas historias de tiempos más felices. Evidentemente, había superado su pérdida. Tenía que ser la reciente pérdida de su esposa lo que lo atormentaba.

–Debes saber que Sam no anda acostándose por ahí con cualquiera. ¿Lo sabías? –preguntó Max después de haber interrumpido sus historias familiares para terminar su *whisky*.

Maddie casi se ahoga con el vino.

–¿Perdón? –inquirió, no muy segura de haber entendido por qué le decía eso.

Max encogió los hombros.

–Quiero decir que… las historias acerca de Sam son en su mayoría falsas. Puede que lleve a sus amigas a fiestas, pero no se acuesta con ellas como la gente supone. Se ha ganado una reputación que no merece –terminó de decir con calma , pero con intensidad en sus ojos.

–¿Y como sabes que no es cierto? –le insistió, preguntándose adónde les llevaría la conversación.

–Sam y yo nos conocemos desde hace mucho tiempo. Vamos a muchas de las mismas reuniones, socializamos en los mismos círculos. La mayoría de las veces vamos juntos. Cuando mi esposa vivía, íbamos con Sam y quienquiera que fuera su acompañante para la ocasión. Salíamos de compas juntos, luego llevábamos a casa a la acompañante de Sam primero y a Sam luego. A casa. Solo.

Tomó un respiro antes de continuar.

–Ahora que mi esposa falta, Sam y yo dejamos a su acompañante primero y luego salimos juntos. Pero los dos volvemos a casa solos –dijo frunciendo las cejas y mirándola fijamente–. ¿Entiendes lo que te quiero decir?

Maddie sonrió ligeramente.

–¿Estás diciéndome que él no es el castigador que la prensa ha creado?

–No te digo que sea un ángel, pero no es la persona que muchos creen que es. Simplemente sé cómo duerme porque vamos juntos a muchos eventos, aunque Simon evita tantos compromisos como le sea posible, la mayoría de ellos de hecho.

Max sacó su tarjeta de crédito y la metió en la cartera de piel con la cuenta del restaurante que un camarero había dejado discretamente sobre la mesa. Max puso la cartera al borde de la mesa y miró a Maddie directamente a los ojos.

—Solo he conocido a una de sus novias, y era una pelirroja menuda, completamente diferente a las amiguitas que lleva a las funciones de caridad o de cualquier otro tipo, y eso fue hace mucho tiempo. ¿A qué crees que se debe eso?

No he estado con una mujer desde hace meses. No podría. Y hasta entonces solo me he acostado con mujeres que tenían el pelo rojizo, cuerpos con curvas y a quienes no les importaba que dijera tu nombre cuando me corría. Mujeres que solo querían dinero y cosas materiales, porque no tenía nada más que ofrecerles.

Dios mío. Sam había dicho la verdad. Apartando los ojos de Max, fijó la mirada en la pared detrás de él.

—¿Por qué? Podría elegir cualquier mujer en el mundo y ella se arrojaría a sus pies. ¿Por qué? Max se encogió de hombros.

—Ser rico puede ser una maldición al tiempo que una bendición. Tener dinero le hace a uno preguntarse si la mujer lo ama a uno realmente o solo su dinero y su poder. Desgraciadamente, en nuestro círculo, la mayoría de las mujeres están más preocupadas por el dinero que por el hombre —explicó con un tono ligeramente amargo—. No me malinterpretes, a Sam y a mí nos gustan el dinero y el poder, nos motivan. Pero tiene sus inconvenientes en lo tocante a las relaciones personales.

—Pero, ¿no le gusta a la mayoría de los hombres que las mujeres se rindan a sus pies? —preguntó con curiosidad, volviendo a mirarlo a la cara.

—Depende del hombre, supongo. Cansa y resulta poco atractivo a la larga. Y uno acaba sintiéndose jodidamente solo.

—¿Por qué me cuentas todo esto, Max? —preguntó queriendo realmente saberlo—. ¿Estás haciendo de casamentero?

Max dio una risotada nerviosa.

—No, por Dios. De hecho, sería mejor para mí si no te contara nada. No me importaría monopolizar tu tiempo y tengo la sospecha que Sam va a querer matarme por sacarte a cenar. No es exactamente sutil expresando su interés.

—Bueno… no lo va a saber por mí.

Maddie se llevó dos dedos a la boca simulando cerrar los labios con cremallera.

Los labios de Max dibujaron una sonrisa de aprobación.

—No… pero lo sabrá por ellos.

Señaló discretamente hacia una mesa al otro lado de la habitación, donde dos hombres de bulto, visiblemente fuera de lugar en el comedor, los miraban sin disimulo.

—¿Los conoce Sam? —preguntó confundida.

—Sí. Muy bien. Trabajan para él. Son parte de su guardia de seguridad —respondió Max irónicamente—. Los he visto antes. Son, obviamente, tu lastre.

—¿Me está espiando? —replicó Maddie, indignada porque Sam la tuviera vigilada.

Max extendió la mano a través de la mesa y la sujetó por el brazo antes de que ella pudiera levantarse.

—No lo hagas, Maddie. No son espías. Son tu protección. Sam es muy conocido y ligado a ti sentimentalmente. Eso te convierte en un blanco. Créeme, yo haría lo mismo si estuviera viendo a alguien seriamente. Sam ha hecho un buen número de enemigos. Poderosos enemigos. Esa es la razón por la que nunca ha sido visto mostrando abiertamente sus afectos con ninguna mujer. Pero la imagen de Sam llevándote a cuestas como un hombre de las cavernas se ha visto en todas partes. Y parece que piensa llevar la cosa más lejos. Quiere que estés segura.

Sostuvo su mano, manteniéndola sentada, calmándola con el sonido de su voz.

—De hecho, no puedo creer que no haya llamado ya. Va a saber lo que haces la mayoría del tiempo. Probablemente esté un poco lento ahora porque no se encuentra bien.

Maddie no estaba segura cómo le hacía sentir que Sam supiera todos sus movimientos. Era incómodo. Seguro, entendía lo de la protección, pero tener a alguien continuamente siguiéndola era desconcertante.

—¿Has dicho que está enfermo? —preguntó, asegurándose si había oído a Max correctamente.

—Gripe. Le ha dado bien —Max negó con la cabeza, preocupado por su amigo—. Ha estado trabajando desde casa. No está para nadie. He hablado con sus asistente, David.

—Maldita sea. Me preguntaba por qué no me había llamado. Qué cabezota —dijo, apretando la mano de Max al tiempo que se levantaba—. Necesito ir a ver si está bien.

Max se rio. Soltó la mano de Maddie y se puso en pie.

—Espera. Te acompaño hasta la puerta.

Sacó un bolígrafo dorado de su bolsillo, firmó el recibo de la tarjeta de crédito que el camarero había dejado sobre la mesa y guardó la tarjeta en la cartera.

—Maddie, probablemente no quiere que te contagies.

Maddie metió los brazos en la chaqueta que Max sostenía educadamente para ella. Se abrochó la chaqueta y se llevó las manos a la cadera.

—Soy médico, por amor de Dios. Me he puesto la vacuna. Estoy expuesta a la gripe diariamente.

Max le ofreció el brazo y ella lo aceptó.

—Te puedo asegurar que no está pensando con la cabeza. Su único pensamiento es protegerte.

—Estupendo. ¿Y quién lo protege a él? —replicó, indignada.

—Dudo que nadie haya pensado que lo necesite —respondió Max pensativo.

—Lo necesita. Maldita sea. No necesita ser siempre el protector —dijo con contundencia, deseando que alguien lo hubiera protegido cuando era más joven—. Todo el mundo necesita apoyo de vez en cuando.

Max la acompañó hasta su coche. Le respondió en voz baja, sentida.

—¿Sabes? Creo que tienes razón. Cuídalo, Maddie.

Dejándose llevar por su compulsivo deseo de aliviar el dolor de Max, lo abrazó. Él la rodeo con sus brazos y le apretó la espalda.

Permanecieron así unos instantes, como si una misteriosa conexión se hubiera cimentado entre los dos.

—Te llamaré.

Reluctante, Max la soltó y abrió la puerta del coche.

—Hablamos pronto —respondió Maddie, su espíritu un tanto agitado por la manera en que se sentía atraída por la tristeza de Max.

—No permitas que Sam te dé órdenes —le dijo riéndose mientras Maddie se acomodaba en el coche.

Ella rio alegremente.

—No va a pasar, o encontraré un atenuante para justificar por qué era necesario estrangularlo —le aseguró a Max. Sam iba a escucharla y se iba a mejorar en un santiamén.

Escuchó la risa satisfecha de Max mientras cerraba la puera del coche. Maddie salió del aparcamiento y se dirigió directamente a casa de Sam, haciendo un esfuerzo por ignorar los guardaespaldas que la seguían.

Capítulo 10

S am se quejó al darse la vuelta y puso la cabeza bajo la almohada. Se sentía tan miserable que solo deseaba poder dormir hasta recuperarse. El sudor le recorría el cuerpo formando diminutos remolinos que empapaban las sábanas, temblando encima del tejido húmedo.

–¡Mierda! –murmuró, no demasiado alto. Si hacía un movimiento brusco, los homúnculos en su cabeza volvían a martillear sin piedad.

No había un rincón de su cuerpo que no le doliera y las costillan le protestaban por la continua tos.

Oyó jaleo abajo, pero lo ignoró. Fuese lo que fuese, sus hombres se encargarían de ello. Para eso les pagaba. Ahora, solo quería estar a solas con sus miserias.

–No me importa que no quiera ver a nadie. Me verá a mí. Soy su médico.

Maddie.

Sam hizo un esfuerzo por incorporarse, pero la habitación le daba vueltas. Desorientado, acabó nuevamente tumbado en la cama.

Estoy hasta los cojones. No puedo mover un dedo. Y si había algo que Sam odiaba era sentirse impotente.

La puerta se abrió de golpe y Sam abrió un ojo para contemplar la panorámica más bella del mundo.

Maddie.

Arrugó el entrecejo al ver dos de los guardias de seguridad sujetándole los brazos, uno a cada lado.

—Quitadle las manos de encima —ordenó, ronco, pero capaz de hacerse oír.

Los guardias la soltaron como si Maddie fuera hierro candente.

—Lo sentimos, señor Hudson. Se nos escapó en la puerta y no hemos podido detenerla a tiempo. Como dijo que no quería ser molestado…

—Ella es la excepción, siempre —refunfuño—. Largaos de aquí.

Los guardias se fueron, dejando a Maddie en la puerta de la habitación. Cerró la puerta y se sentó a un lado de la cama. Con una mano en la cadera, llevó la otra a la frente de Sam, con ternura, retirándole el pelo de la cara.

—¿Qué te estás haciendo? Estás ardiendo. ¿Estás tomando algo?

—No necesito pastillas. Se me pasará —graznó, mirándola con una curiosa fascinación.

Ella fue al cuarto de baño. Sam la pudo oír enredando en los armarios.

—¿Qué coño es esto? ¿Tienes algo que no sean condones?

Por supuesto que era una pregunta retórica, aún así, cuando volvió a la habitación, como una furia mitológica, Sam se la contestó.

—No. No tomo pastillas. Nunca las necesito.

Ella cogió el teléfono de la mesilla de noche y empezó a buscar en el directorio. Marcó un número con ímpetu. Una vez que verificó que hablaba con el asistente de Sam, le dio una retahíla de órdenes como haría un sargento de caballería. Colgó el teléfono con un malhumorado *click* y llamó a otro teléfono. Una farmacia, por lo que él pudo entender de la conversación. Cuando terminó dejó el teléfono en la mesilla dando un golpe lo suficientemente fuerte como para que Sam dibujara una mueca de dolor.

—Necesitas sábanas limpias y una ducha. ¿Crees que podrías si te ayudo?

—preguntó con exigencia.

Sonrió burlón, cómo si esta mujer pudiera aguantar su peso

—¿Sabes? Esta actitud de médico mandón me pone. ¿Me vas a frotar la espalda?

—Si hace falta... —cortó con rapidez mientras empezaba a tirar de las sábanas que cubrían el cuerpo sudoroso de Sam.

No queriendo que ella notara su fragilidad, Sam hizo un esfuerzo sobrehumano para sentarse. Lo consiguió, pero se tambaleó en el momento en que se puso de pie y empezó a toser tan bruscamente que no podía parar. Ella lo sujetó con su cuerpo, más pesado de lo que parecía.

—Para alguien que es supuestamente un genio, eres un inútil cuando se trata de cuidarte a ti mismo —dijo como un gato enfadado.

¡Guau! Era excitante verla en esa actitud.

—Tienes que irte. No quería que lo supieras. Puedes contagiarte.

Le dio un vuelco el estómago solo de pensar en Maddie sintiéndose tan mal como él se sentía ahora.

—Me expongo a esto a diario, Sam. ¿Por qué no me has llamado antes? —preguntó, exasperada—. Tienes gente a tu entera disposición. Necesitas que te cuiden.

—No pido ayuda. Yo ayudo —retumbó su voz camino del baño, tambaleándose como un borracho. Verdaderamente, nunca se le pasó por la cabeza pedir ayuda. Odiaba sentirse vulnerable y prefería esperar hasta tener control de la situación.

Se quitó los calzoncillos, lo único que llevaba puesto, y abrió la ducha.

—¿Vas poder tú solo mientras busco sábanas limpias y hago la cama?

—Sííí —graznó una vez más, cuando el agua tibia le cayó encima.

—No la pongas más caliente. Aún tienes fiebre —le advirtió, mirándolo con autoridad.

Verdaderamente, la mujer no podía estar más *sexy* en su papel. Una arpía pelirroja a la que deseaba domesticar allí mismo. Por desgracia, no estaba en posición de arrastrala hasta su cubículo y poseerla apoyada en la pared de la ducha. Pero cómo lo gustaría.

Nada le gustaría más que aprovechar la pasión que lo consumía en ese instante.

–¿De dónde venías? –preguntó, queriendo saber por qué llevaba un exquisito vestido de angora gris, color que acentuaba su pelo encendido, que se abrazaba a su cuerpo como un amante. Probablemente no estuviera pensado para ser provocativo, pero en ella lo era. De todas, todas.

–Fui a cenar antes de venir aquí.

Se quitó los zapatos al salir del cuarto de baño, dejando la puerta abierta.

¿Con quién?

Lo quería saber, pero Maddie había salido como alma que lleva el diablo. Dejó que el agua corriera por su cuerpo, limpiando el sudor de su cuerpo. Le echó un vistazo a la temperatura del agua, tentado de ignorar a Maddie y subirla, pero ella estaba dispuesta a todo. Es posible que le diera una patada en el culo. Sonrió y se apoyó en la pared para dejar que el agua lo limpiara. Quería enjabonarse, pero solo tenía energía para mantenerse de pie bajo el agua.

Maddie regresó cinco minutos más tarde. Él la miró, completamente hipnotizado, mientras ella se quitaba cada una de las prendas que llevaba puestas, dejándolas amontonadas en el suelo. No era un *strip tease*, pero Maddie solo necesitaba respirar para excitarlo, y verla desnudarse lo había tensado y preparado para la acción. Una lástima que el resto de su cuerpo no lo estuviera.

Enarbolando una esponja, Maddie se metió en la ducha, haciendo frente a algunos escalofríos por la temperatura del agua antes de ponerse manos a la obra. Roció la esponja con jabón y empezó a pasarla por la piel de Sam, deslizándola por su cuerpo con delicadeza.

Titubeó cuando llegó a la ingle y el cuerpo de Sam se tensó entero. Él se obligó a reprimir el instinto de detenerla. Era Maddie, querréndolo ayudar. No la iba a rechazar. No quería rechazarla.

Maddie dejó caer la esponja, y Sam sintió sobre él sus manos delicadas descendiendo desde la ingle y manipulando su pene latiente con los dedos. La sensación le causó un sobresalto inicial, pero no apartó lo ojos de Maddie mientras lo tocaba, concentrándose exclusivamente en ella. Algo desencantado porque no se quedara allí por más tiempo, sintió sus manos recorrerlo, tan adorablemente, entero. Apretó los dientes y endureció los glúteos cuando Maddie lo acarició entre medio de los dos, dejando que sus dedos lo tocaran cerca del ano. Dejó escapar un bufido atormentado, en parte por miedo, en parte por placer. Su toque era clínico, pero dolorosamente sutil, tentadoramente delicado.

De cuclillas, le enjabonó las piernas. Luego, se puso de pie y le lavó el pelo, tranquilizándolo mientras le masajeaba el cuero cabelludo. Con la ducha de teléfono supletoria le enguajó enérgicamente el pelo y todo el cuerpo. Luego cerró la ducha. Maddie se secó con prisas, pero cogió otra toalla y dulcemente lo acarició con ella, secándolo con ligeros golpecitos. Después de ponerse una camisola de algodón de la pila de prendas que había dejado sobre el mueble del lavabo, cogió a Sam por la cintura y lo llevó hasta la cama, ayudándolo a ponerse un par de calzoncillos limpios.

—Sin duda David es eficaz —se maravilló, recogiendo el vaso de zumo de la mesilla y pasándoselo a Sam. Sacó pastillas de varios frascos y se las puso en la boca a Sam, como hubiera hecho con un niño recalcitrante—. Nunca pensé que haría todo esto tan rápidamente.

—Para eso le pago —presumió. Sam no se dejaba impresionar. Abrió la boca obediente, sorprendentemente, y ella le administró las pastillas, acompañadas por un trago de zumo.

—Termina de bebértelo. Necesitas estar hidratado. Acabo de darte algo para la fiebre, la congestión, la tos y el dolor. Vas a quedarte frito, seguramente.

Le pasó los dedos por el pelo mientras hablaba, con un ceño de preocupación en el rostro. Sam terminó el vaso de zumo y Maddie se lo retiró.

—Túmbate y descansa.

—Quédate conmigo —le rogó Sam, incapaz de contenerse. No le importaba nada si sonaba patético, su necesidad por ella era mayor que su orgullo.

—Por supuesto que me voy a quedar —replicó Maddie, como indignada.

Sam sonrió mientras que ella se lanzaba a una diatriba que incluía algo acerca de hombres testarudos y otros reniegos acerca del género masculino y de él en particular. De alguna manera, sus quejas no le molestaban en absoluto... le hacían sentir un dolor amable en el pecho por la única mujer, aparte de su madre, a la que le había importado.

Se apoyó en una almohada para ver a su fogosa hembra marcando el paso por la habitación, recogiendo sus ropas y poniendo en orden las cosas que había desperdigado por el suelo cuando cayó enfermo y que todavía no había recogido. Ella mascullaba por lo bajo, pero Sam estaba seguro de que seguía con su diatriba, así que quizás se alegraba de no poder oírla. En su lugar, se embebió en su contemplación, sintiéndose bien por el simple hecho de mirarla.

Ducharse lo había ayudado. Se sentía limpio por primera vez en días y a gusto entre sábanas limpias. Su dolor de cabeza se fue aliviando paulatinamente y el letargo, en lugar del malestar, empezaba a reclamar su cuerpo.

Tenía el pene como una piedra y se endureció aún más cuando ella se agachó, revelando su sabroso trasero. Se quedó embobado, incapaz de hacer nada más, mirando lascivo a su desnuda retaguardia mientras se agachaba para recoger los zapatos.

Maddie se incorporó y se dio la vuelta, mirándolo con reprensión.

—¿Estás mirándome el culo? Necesito bragas —balbuceó.

Oh no, de ninguna manera. Suspiró decepcionado cuando ella se metió en el baño, obviamente para buscar ropa interior entre las prendas que él le había comprado y que ella nunca se llevó a su casa.

Después de volver del baño, cogió un termómetro de la plétora de objetos que David había dejado allí y se lo puso en la boca a Sam.

—No hables —le advirtió, arqueando una ceja.

Frunció el ceño y cruzó los brazos. Que lo mataran si no quería arrancarse aquella cosa molesta de la boca, solo por joder.

Ella se rio, un leve, distendido sonido que flotó hasta los oídos de Sam como un bálsamo sanador.

—Pareces un niño malo —rio alegremente, poniendo la mano en la frente de Sam.

Sonó un bip y retiró el ofensivo termómetro.

—Alta —anunció—. Pero creo que más baja de lo que la tenías. Voy a tener que despertarte a mitad de la noche para darte medicación.

Sam frunció el ceño otra vez cuando ella le dio más zumo. Lo último que quería hacer era tragárselo. Sentía la garganta como si se la hubieran pulido con papel de lija.

—Bébetelo. Necesitas fluidos —replicó, como si supiera lo que él estaba pensando.

Clavó los ojos en ella mientras se bebía el zumo, contemplando como la hermosa arpía agitaba las medicinas que había encima de la mesita de noche, probablemente para posteriores dosis.

—¿Nadie te ha dicho nunca que eres un médico muy mandón? —preguntó Sam secamente, pasándole el vaso de zumo vacío.

¿No le había dicho nunca nadie lo excitante que era cuando se enfadaba?

Dejando la copa en la mesa, cruzó los brazos y lo miró de forma castigadora.

—Solo mis pacientes menos colaboradores. Si no fueras tan obstinado, pensarías que soy el doctor más amable del mundo —respondió Maddie con un tono seudo azucarado.

—A mí me pareces muy *amable*, de todos modos —admitió él, su voz, grave y ronca—. ¿Qué te ha pasado en la cabeza? —preguntó, arrugando el ceño, al notar un pequeño moratón en la sen izquierda que no había visto antes.

—Nada. Un pequeño accidente de coche. Simplemente me di un golpe en la cabeza —se metió en la cama y se cubrió con las sábanas. Apagó la luz sobre la mesita de noche, sumiendo la habitación en oscuridad.

Sam estiró los brazos para adueñarse de ella, abrazándola por la espalda. ¡Dios! Qué bien se sentía así. Apretó su pecho contra la espalda de Maddie y enterró su cara en la seda de su melena.

—No hay accidentes de coche pequeños. ¿Qué ha pasado de verdad? ¿Cuándo? Nadie me ha llamado. Esos guardias están más que despedidos —protestó, estremecido pensando que Maddie había tenido un accidente y él no lo había sabido.

—No los vas a despedir. Me dejaron aquí porque mi coche ha quedado probablemente para la chatarra. Les dije que no te llamaran porque venía para acá de todas maneras. No pasa nada, Sam. Estaba de camino y el tiempo es un asco, ha estado lloviendo todo el día. Otro coche patinó en el agua al parase en un semáforo y me dio. Estoy bien —respondió algo exasperada.

A Sam, el corazón le latía tan deprisa que le faltaba el aire. Se apretó a Maddie más fuertemente, tocándola por todas partes.

—¿Y se tuvieras algo más serio de lo que tú crees? —preguntó, aterrado solo de pensarlo.

Maddie se dio la vuelta, poniéndole los brazos alrededor del cuello.

—No lo tengo. Estoy bien, Sam. Me preocupas tú. Tú estás enfermo. Por favor, duerme. Me dieron por el lado del copiloto. Solo me asusté un poco. Soy médico. No me dieron tan fuerte como para hacerme daño, pero lo suficientemente fuerte para acabar con mi pobre coche.

—Necesitas un vehículo más grande. Algo más seguro. Y más nuevo —le respondió, con una mezcla de irritación y miedo en la voz.

—Duerme —insistió ella, acurrucándose contra él.

Sam estaba grogui, posiblemente por la medicación, pero no podía impedir que la imagen del coche de Maddie siendo golpeado, con ella dentro, lo obsesionara. ¿Y si hubiera sido algo serio, o aún más serio? ¡Dios mío! Esa imagen lo iban a atormentar durante algún tiempo.

—Algo terrible podría haber pasado —dijo finalmente, taciturno.

—No pasó —intentó calmarlo Maddie, poniendo la cabeza en su hombro y pasándole la mano por el pelo, acariciando su nuca formando círculos con los dedos—. Por favor, descansa. Me preocupas. Tienes una buena gripe y necesitas dormir.

A Sam le dolía el pecho, pero no por la enfermedad. La voz dulce, preocupada, de Maddie lo tranquilizaba y cerró los ojos, apretándolos fuertemente, conteniendo la emoción que la vigilante protección de Maddie le producía.

Podía entender su maniática preocupación por la seguridad de Maddie, pero tener a alguien que cuidara de él era nuevo, y no sabía cómo llevarlo.

—Me alegra que hayas venido, cielo —murmuró ahogadamente, restregando el rostro en el pelo de Maddie.

—La próxima vez me llamas —le pidió adormilada.

—Nada puede pasarte, Maddie. No lo soportaría —dijo con gravedad.

Sam se preguntaba cómo Max pudo sobrevivir después de perder a su esposa. El dolor debió ser insoportable si Max había sentido algo similar a su obsesiva necesidad por el delicado milagro en rojo que se acurrucaba en sus brazos.

—Pero estoy aquí, Sam —susurró Maddie.

¡Gracias a Dios!

—Te vas a casar conmigo —resonó Sam, cerrando los ojos, la somnolencia se apoderaba de él.

Ella no respondió. Simplemente se acurrucó más en él y suspiró.

Sam no dejó que la falta de respuesta le molestase. De hecho, sus labios dibujaron una sonrisa. Estaba progresando. Al menos, Maddie no arguyó nada en contra. Tampoco dijo no.

Con ese feliz pensamiento en la mente, se durmió.

Capítulo 11

Maddie permaneció con Sam hasta que este se recuperó completamente, empleando sus dos días libres en sacarlo de lo peor de la enfermedad y luego yendo a su casa todas las noches, después de trabajar, durante varios días para asegurarse que recibía el mejor de los cuidados. Él era, con mucho, el peor paciente que había tenido nunca, y eso que había conocido a unos cuantos difíciles. A Sam Hudson no le gustaban las debilidades y eso incluía, obviamente, todo lo que físicamente lo obstaculizara.

Durante la enfermedad no dio más que problemas. Completamente furioso e irritado, mirándola desde su escritorio, recostado en la silla, ceñudo, Sam se ocultaba detrás de su fachada una vez más y Maddie odiaba que lo hiciera. Le había mostrado cierta vulnerabilidad cuando había estado más enfermo, pero otra vez se estaba comportando como una mula… con todas sus fuerzas. No podía aceptar esa personalidad dominante suya. Aún así, había momentos en los que lo adoraba. Aquel, sin embargo, no era uno de esos momentos, intransigente en sus demandas e irracional en sus acciones.

–Te llevas el nuevo coche. Punto. No hay más que hablar – ladró Sam, como si ella fuera uno de sus empleados.

Maddie respiró hondo y exhaló de un golpe.

–Muy bien. Si no hay nada más que hablar, me voy. Y tú puedes coger el coche y metértelo por donde tú sabes porque no voy a usarlo. No tienes ninguna autoridad para decirme qué coche quieres que conduzca sin consultarme. No soy ninguno de tus empleados.

Deseando no haber ido a su casa aquel anochecer, intentó recuperar la compostura. Todo lo que quería era asegurarse de que él estaba bien, que se estaba cuidando. Sam se había comportado como un imbécil esa tarde, arrojándole, prácticamente, las llaves de su nueva caravana Mercedes, de color negro metálico, que le había costado más que lo que una casa le costaría a muchos, y exigiéndole que la condujera. No es que no le gustara el vehículo. Lo cierto es que le gustaba. ¿A quién no? Lo que no le gustaba era la actitud de Sam, su distancia. Ordenaba y esperaba que los demás se precipitaran a complacerlo. Se escondía otra vez, preocupado por haber mostrado demasiada debilidad, y esta era su manera de restaurar el orden después de la enfermedad. Ella entendía lo que estaba haciendo y sus razones para ello. Pero, maldita sea, …dolía.

–Ya sé que no eres uno de mis empleados. Si lo fueras, harías lo que te digo que hagas –rugió Sam–. Y si cruzas esa puerta, voy detrás de ti.

Cruzando los brazos, Maddie lo fulminó con la mirada.

–¿Y luego qué? ¿Cómo piensas obligarme a conducirlo? –dijo retándolo. Su voz comenzaba a temblarle, irritada–. Ni siquiera me has preguntado si me gusta, si la quería. Lo que yo piense no cuenta siempre y cuando haga lo que tú digas. ¿Qué coño te pasa esta noche?

Una lágrima solitaria le corrió por la mejilla y ella la limpió con impaciencia. Había muchas cosas que amaba de Sam, pero había unas pocas cosas que no podía tolerar.

Mandón…aceptable, de vez en cuando.

Exigente en la cama… afortunadamente.

Protector… sí.

Distanto y frío … intolerable.

Sam se levantó y se puso delante del escritorio.

—Tú no vas a ninguna parte —dijo con un sonido ronco—. ¿Por qué lloras?

Maddie se precipitó hacia la puerta, dispuesta a no contestar esa pregunta.

Porque te quiero tanto que me hace daño. Porque quiero importarte tanto como tú me importas a mí. Porque cuando me dejas fuera y actúas fríamente, me da miedo.

Abrió la fuerta, frenéticamente, desesperada por salir de allí. Al tiempo, sintió el empuje del cuerpo de Sam a su espalda, cerrando la puerta de un golpe, encerrándola entre los brazos, uno a cada lado de ella.

Maddie inclinó la frente sobre la puerta, derramando lágrimas sin control.

—Por favor, déjame salir.

—Dime por qué estás llorando. ¿No te gusta el coche? Lo puedo devolver. Comprar otro modelo, siempre y cuando sea seguro. Es elegante me recordó a ti.

Sam jadeaba. Maddie sentía su aliento cálido en el oído.

¡Mierda!. Se ablandaba, volvía a ser su Sam otra vez. *Esto es una locura, una vez tocando el cielo con las manos, otra preguntándome cuando voy a desplomarme de nuevo.*

—No puedo soportar esta situación, Sam. Por favor.

Sus sentimientos eran un amasijo de sensaciones, lastre antiguo que volvía para atormentarla. No podía evitarlo. Necesitaba tanto a Sam para ser feliz que le asustaban su frialdad y su aspereza.

—¿Qué he hecho, cielo? Dímelo. Lo enmendaré —prometió. Su voz cariñosa y genuina.

—Cuando eres frío y distante, me da miedo que no me quieras más —dijo ahogada por la emoción. No había querido decirlo, pero lo hizo—. Sé que es cosa del pasado y sé que, de todas las mujeres, probablemente soy la mujer que más necesita de ti. Pero necesito saber que te importo, que mi opinión cuenta. Que yo cuento.

Hasta para ella misma sonaba patética, pero no podía evitarlo.

—Cuando siento que te alejas de mí, cuando eres frío, me da miedo.

Sam la rodeó con sus brazos, empujando su espalda contra su cuerpo, arropándola.

—Lo siento, mi amor. Lo siento —le susurró al oído, meciéndola adelante y atrás—. A mí también me da miedo. Temo que te pase algo y que mi vida no valga nada si eso pasa. ¿No entiendes lo importante que eres para mí?

Maddie sacudió la cabeza, sus hombros agitándose por los sollozos ahogados, por la angustia que los miedos del pasado le habían provocado. ¡Maldita sea! Había aprendido a estar sola, a no depender de nadie. Pero todas sus defensas se estaban desmoranando con este hombre.

Sam la volvió y la cogió en brazos. La llevó al sofá de piel que tenía contra la pared de su oficina, sujetándola fuertemente en su regazo.

—Te necesito Maddie. Tanto que me asusta. Supongo que a veces me da miedo necesitar a alguien tanto que mi vida entera dependa de esa persona.

Dejó escapar un suspiro tembloroso, masculino, mientras le acariciaba el pelo.

—Te necesito también, Sam. Tanto. No puedo soportar que actúes frío y distante. Me recuerda el pasado, cuando nadie me quería.

Ya le había dicho lo peor. Algo que él nunca sabría si ella no fuera capaz de exteriorizar sus emociones.

—¡Mierda! —dijo Sam pasándose una mano por la cabeza, con frustración—. Cielo, a veces olvido que tú también tienes tus inseguridades. He sido un egoísta. En realidad sólo pensaba en protegerme a mí mismo. Perdóname. Por favor. Intentaré no volverlo a hacer. Lo prometo. Pero no creo que pueda dejar de preocuparme.

Él retrocedió, mirándola con intensidad. Sus transparentes ojos verdes, tórridos y apasionados.

—Te quiero exactamente como eres, pero sin tu frialdad —dijo ella, sonriendo a través de las lágrimas. Ella también había sido egoísta, dejando que sus miedos se apoderaran de ella, olvidando el pasado de Sam y lo vulnerable que debería sentirse en su estado.

—¿Y si hace mucho calor? —preguntó Sam con voz de barítono, grave y ronca. Ella se rindió y sonrió al mirarlo a los ojos, que anunciaban sin ambages su deseo, su cara completamente desposeída de la máscara de hielo.

—Entonces, me quemaré feliz —respondió ella, comenzando a montarse en él y rodeándole el cuello con los brazos.

Sam subió la mano por detrás de la cabeza de Maddie, empujándola hacia abajo para que se encontrara con su boca hambrienta. La devoró. Su lengua sedosa danzando con la de ella, exigente, sin contemplaciones. Maddie estaba encima de él, pero aún así él llevaba las riendas. Llevó las manos a sus sienes, clavándoselas en el pelo, colocándola en su sitio para poseerla.

Ella restregó la cadera en pequeños círculos contra el pene hinchado de Sam, con las manos empuñándole el pelo, necesitándolo, queriéndolo dentro de ella tan deseperadamente que gemía y besaba a la vez. Estaba perdida, lo sabía… y no le importaba. Respirando su aroma, saboreándolo. Sentir aquel enorme falo en su pelvis la volvía irracional, ansiosa por tenerlo dentro. Los botones de su blusa saltaron por los aires. Gimieron al encontrarse lengua con lengua, mientras que las manos de Sam buscaban desesperadamente los pechos de Maddie. Abrió el cierre delantero del sujetador y le apretó posesivamente los senos. Maddie jadeó al separar su boca de la de él para arrancarse la blusa y el sujetador, arrojándolos sin cuidado en el suelo.

—Sam… te quiero dentro de mí.

Echándose atrás, se puso de pie y se bajó el pantalón y las bragas a la vez, quedándose completamente desnuda frente a él.

Con su traje gris y su corbata todavía puestos, Sam parecía a punto de ir a una reunión de negocios, hasta que lo miró a la cara y a su abultada erección. Él se la comía con los ojos. Su mirada, ardiente y torturada, anticipando el acto… necesitándola deseperadamente. Se quitó el cinturón y se bajó la cremallera de la bragueta sin dejar de mirar enfebrecido el cuerpo de Maddie.

—Móntate —exigió con un rugido, sacándose el pene del pantalón.

Ella miró el enorme miembro, luego el carísimo traje de chaqueta.

—Se te puede manchar el traje —dijo dubitativa, pero su vagina se humedecía con el solo pensamiento de montarlo al instante tal y como estaba, en sus dominios, vestido como un poderoso ejecutivo.

—Entonces será mi traje favorito. Lo limpiaré y me lo pondré todos los días, para recordarme cómo te hice sentir con él. Ven aquí. Ahora —murmuró, abriendo los brazos.

Se montó en él y él la rodeó con los brazos, posesivamente, buscando con su boca los sensibles pezones antes de que Maddie siquiera se hubiera acomodado en sus piernas. Arqueó la espalda mientras él le mordía ligeramente los pezones, con la suficiente dosis de dolor y placer como para perder el juicio. Meciendo las caderas, colocó el clítoris a lo largo de su miembro, gimiendo con el roce. El pene de Sam duro como el acero, dejándola estimularse con él.

Sam deslizó las manos por la espalda de Maddie y le apretó los glúteos. Una mano siguió descendiendo hasta que sus dedos alcanzaron los labios empapados de Maddie.

—¡Dios! Estás empapada. Para mí.

Su voz ahogada, sin poder apenas sujetarse las riendas.

—Te necesito —susurró ella, inclinándose para mordisquearle el lóbulo de la oreja, sintiendo en su piel la dureza de la incipiente barba de Sam, irritándole la piel, avivando aún más la fiereza salvaje que se apoderaba de su cuerpo.

Frenético, sus dedos se apoderaron de la vagina de Maggie. La respiración entrecortada y enfebrecida contra sus pechos cuando dejó de lamer y mordisquear sus pezones, inhalando y exhalando en un intento de recuperar el control de sí mismo. Con una mano se aferró a una nalga mientras que la otra dejaba los saturados labios y se abría camino hasta el ano de Maddie.

Sus propias secreciones lubricaban el orificio estrellado. Maddie dio una boqueada cuando sintió el dedo pulgar abrirse camino, penetrándola dulcemente una vez traspasado el apretado esfínter externo.

—¡Ah! —gimió, echando la cabeza hacia atrás, mientras él se adentraba paso a paso en ella, bombeando con suavidad. No le dolió. La excitaba tanto que estuvo a punto de tener un orgasmo.

—¿Qué estoy haciendo? —dijo retirando el dedo de golpe—. Lo siento. Lo siento —repitió con gravedad, confundido.

—¿Qué? ¿Qué pasa?

Se apartó para mirarlo a la cara. Sudaba. Las gotas de sudor caían de su frente a la prístina camisa blanca, pálido, aterrado.

–Lo siento –repitió una vez más–. Nunca he hecho esto. No debería haberte violentado de esta manera.

Respiraba con dificultad. Todo su cuerpo en tensión.

Claro. Obviamente Sam no practicaba ninguna forma de sexo anal … por su traumática experiencia. Tampoco ella, pero la sensación de complitud había sido tan estimulante, tan erótica. Sam había sido considerado, cuidadoso de no hacerle daño.

–Sam, no me ha dolido. Me gustó. Es excitante.

–No debería haberlo hecho. No debería –repitió moviendo la cabeza de un lado a otro, el sudor aún corriéndole la frente–. Solo pensaba en penetrarte de cualquier manera… que perdí la consciencia.

Sosteniendo su cara entre las manos, Maddie le obligó a mirarla a los ojos.

–Fue sensual. Me encanta sentirte dentro de mí. No estoy preparada para tener sexo anal, pero casi me haces correrme. Fuiste considerado. No me has hecho ningún daño.

Lo miró con ojos de adoración.

–¿De verdad te ha gustado? –preguntó asombrado, mirándola a la cara, buscando la verdad.

–Sí. Tienes mi permiso para violentarme de esa manera cuando quieras –le respondió, apasionada y deseosa–. Te necesito.

Maddie quería arrancarle el semblante de remordimiento de la cara y sustituirlo por un semblante de placer.

–Tengo que tenerte, Maddie. Ahora –suplicó desesperado.

Ella levantó las caderas y él se sujetó el miembro. Gimieron al unísono mientras él le clavaba el pene. Descendiendo sobre él poco a poco, Maddie apretó los hombros, forzando los músculos para recibirlo, jadeando hasta que él la llenó por completo, rozando el dolor.

Sam se agarró a las caderas de Maddie, su mandíbula apretada. Su expresión, animal y codiciosa. Más atractivo que nunca, su deseo y ansia de posesión a flor de piel, su poderosa figura tensa de deseo carnal.

Maddie gemía con cada empuje de Sam, que se enterraba en ella tanto como era posible.

—Sí —siseó, con la respiración entrecortada. El aire alrededor húmedo, pesado y perfumado de deseo y necesidad a la vez. Los músculos internos de Maddie se aferraban al pene palpitante. Su cuerpo entero estremeciéndose.

Sus ojos fijos en los de Sam, abrazándose con la mirada, mientras que él controlaba sus empujes, cada batida del pene entrando y saliendo del estrecho canal de su vagina.

—Quiero ir despacio. Saborear esta sensación. Pero estás tan rica, cielo. No puedo aguantarme —susurró jadeante.

Maddie se sentía a punto de arder.

—Métemela, Sam. Me encanta tenerte dentro. Ojalá pudiéramos estar así siempre —suplicó. Él golpeó más fuertemente, la curva de sus glúteos acariciada por el elegante tejido de los pantalones de Sam a cada impulso de él, la fricción del clítoris contra la cremallera abierta haciéndola delirar. Maddie se dio por completo a Sam. Entregada a las sensaciones, cerró los ojos y echó la cabeza hacia atrás, desvalida.

—Te necesito, Maddie. Te necesito —rugió Sam, una de sus manos deslizándose hasta el glúteo—. Quiero metértela por todas partes. Lo necesito.

Su pulgar volvió a buscar el ano de Maddie, ya húmedo, moviéndolo una y otra vez dentro y fuera de la estrecha oquedad al tiempo que recorría su canal vaginal con cada embestida del pene.

—Sí, así —jadeó Maddie. Su apretada vagina aferrada al pene de Sam, ordeñándolo con sus sacudidas. Gritando de gozo con cada espamo que agitaba su cuerpo.

—Córrete, Maddie —balbució Sam, cogiéndola por la nuca y llevándose la boca de Maddie a la suya, abriéndose camino entre los dientes con su lengua depredadora. Dentro de ella de todas las maneras posibles.

Aunque ella estaba encima de él, Sam continuó controlándola, exigiendo, insistiendo, dominando. Todo lo que ella podía hacer era facilitar sus frenéticas, profundas embestidas … y correrse.

Separando su boca de la de Sam, Maddie gritó. El climax recorrió su cuerpo como un huracán, desvaneciéndola, dejándola impotente.

—Sí. Sí. ¡Sííí! —Sam gemió, golpeándola intensamente con toda la fuerza de su pene inflamado, desahogándose en su seno, con el pulgar aún entrando y saliendo inconscientemente del ano de Maddie, exhausto por la violencia de su descarga.

Sam se desplomó, quitándole las manos de encima. Se dejó caer en el sofá. Rodeándola por la cintura de Maddie con sus brazos, sujetaba el peso de Maddie sobre su cuerpo.

—Me vas a matar —carraspeó, desmintiendo sus palabras con un beso en la frente, otro en la sien, en las mejillas, para terminar con un beso liviano en los labios enrojecidos—. Lo siento, lo he vuelto a hacer.

Maddie no tuvo que preguntarle lo que quería decir.

—Te di permiso, Sam. No estás abusando de mí. Por favor, nada de lo que hagamos juntos es vergonzante. Lo he disfrutado, lo quería. Te quiero de todas las maneras, en todo mi cuerpo.

—Pierdo el control contigo, cielo —se lamentó Sam.

—Lo sé. Y me encanta de qué manera me deseas —susurró, recostando la cabeza en su hombro.

—¿De verdad, Maddie? ¿No te asusta? Porque a veces a mí sí me asusta —dijo él, pasándose la mano por el pelo.

—No, Sam. Nunca podría tener miedo de ti. Me puedes cabrear, pero la forma que tienes de quererme me pone a cien y no puedo resistirme. Te quiero tanto como tú a mí —le respondió cándidamente.

Sam movió la cabeza de un lado a otro, raspando ligeramente la frente de Maddie con su barba.

—Eso no es posible, cariño —le dijo, la gruesa voz de barítono vibrando contra su oído.

—¿Perferirías controlarte? ¿Hacerlo sin pasión? —preguntó curiosa.

—No, claro que no. Eso no es lo quise decir. Dije, simplemente, que puede ser algo doloroso —dijo simplemente.

Maddie siguió con el dedo el trazo de las líneas de la corbata de Sam.

—Todo es acostumbrarse —musitó—. No puedo creerme que estoy completamente desnuda mientras que tú pareces listo para salir a dominar el mundo.

—Mejor que te acostumbres. Nos vamos a casar —replicó Sam—. Y preferiría quedarme en casa y dominarte a ti.

Su viril, posesivo tono de voz le produjo un escalofrío que le recorrió la espalda.

—Aún no te he dicho que quiera casarme contigo porque nunca me lo has preguntado. Tú dictas. Y hablando de eso, ¿qué vamos a hacer con el coche?

—¿Qué es lo que tú quieres hacer? —preguntó Sam en voz baja, amable—. Me gustaría que te quedaras con él. Quería dártelo como regalo. No era mi intención comportarme como un patán. Es grande, es robusto y tiene todos los dispositivos de seguridad conocidos. Quiero que lo uses porque me preocupa tu seguridad. Nada puede pasarte, cielo —suspiró hondamente.

Vale… eso está mejor. Al menos no se está comportando como un gilipollas.

Maddie dio un leve suspiro.

—Está bien. Lo conduciré. ¿Ves lo fácil que era? Pregúntame con tacto y te responderé como tú quieres —le dijo divertida.

—¿Estás intentando domesticarme, mujer? —la regañó igualmente divertido.

Maddie rio ligeramente antes de responder.

—¿Sería posible?

—No. Pero tampoco quiero herirte —dijo Sam mientras sus manos continuaban acariciando la espalda y los rizos de Maddie, reclamando su propiedad.

Levantando la cabeza, clavó en él su mirada perpleja.

—¿Así que vas a dejar de comportarte como un cavernícola?

—Es lo mismo que me dijo mi madre —replicó contrariado.

—¿Te dijo que eras un cavernícola? —dijo Maddie arqueando las cejas.

—Sí…Más o menos. Pero no es cierto —sentenció algo indignado.

—Sí que lo es, Sam —rio Maddie dando un ronquido.

—En lo del coche he sido civilizado —replicó él.

—Después de pelearnos —le recordó, arrugando el entrecejo, retándolo a negarlo.

–¿Y cómo se supone que voy a conseguir que hagas lo que yo quiero? –preguntó contrariado.

Maddie empezó a moverse, separándose a regañadientes de Sam. Se puso de pie.

–Llévame arriba y convénceme –le ofreció, dicéndole ven aquí con la mirada–. Te demostraré que es una forma mucho más eficaz que darme órdenes como si fuera una empleada tuya.

Sam se puso de pie rápidamente, cubriéndola con la mantita que descansaba en el respaldo del sofá antes de cogerla en brazos.

–No tengo ningún problema con este protocolo. ¿Si quiero algo solo tengo que follarte hasta que estés de acuerdo?

Maddie agitó la cabeza de una lado a otro, con una sonrisa. Quizás no era tan bueno su plan, después de todo. De esta manera, probablemente, la podría convencer de cualquier cosa.

–Pues sí –dijo reacia, sabiendo que probablemente se arrepentiría.

Sam dibujó una sonrisa, una sonrisa malévola que hacía su rostro aún más atractivo. Tanto que ella volvió a humedecerse.

–Quiero mucho de ti, cielo. Lo quiero todo.

Su voz, juguetona y varonil, deliciosa y pecaminosa.

–Quizás emplee algún tiempo en convencerte –añadió.

A Maddie se le aceleró el corazón cuando sus ojos se encontraron con la mirada esmeralda de Sam.

–Creo que podré aguantarlo –dijo sonriendo, desafiando su asedio.

–Vas a suplicarme.

La miró arrogante, con una mirada abrasadora.

Lo cierto es que muy probablemente él sería capaz de hacerlo. Y ella lo disfrutaría cada segundo. Sam le mordisqueó el lóbulo de la oreja y luego se la acarió con la lengua.

–Puedes empezar a suplicar ya si quieres –le susurró con deseo cerca del oído–. Maldita sea, Maddie. Ya me la has puesto dura como una piedra –dijo bruscamente–. Eres una calientapollas.

Salió de la habitación y atravesó la casa. Subió las escaleras tan deprisa que Maddie rebotaba en sus brazos, riéndose cuando él se precipitó hacia el dormitorio.

—No caliento si no pienso cumplir lo prometido —murmuró.

—Sigues siendo una calientapollas —gruñó Sam. La dejó caer suavemente sobre la cama y empezó a arrancarse la ropa—. Y tú te vas a casar conmigo. Muy pronto —exigió, quitándose la camisa sin desabrocharse los botones. Maddie suspiró ensoñadora viendo cómo Sam se deshacía frenético de la ropa, poniendo al descubierto cada centímetro de su perfecta masculinidad.

Algún día, me pedirá que me case con él.

Ella ya sabía que diría que sí. Si no estuviera segura, no tendría relaciones sexuales con él sin protegerse. Había empezado a tomar la píldora, pero aún así era algo arriesgado, tanto como peligroso podía ser el hombre que ahora se acercaba a ella.

Gloriosamente desnudo, la acechó gateando sobre la cama. Retiró la sábana que la cubría como desenvolviendo un regalo, con un semblante de absoluta fascinación dibujado en su espléndido rostro.

—Dame una fecha. Vamos a casarnos. Tú eres mía —reclamó, cubriendo el cuerpo de Maddie con el suyo y sujetándole las manos sobre la cabeza.

Maddie se fundió al calor del contacto con su piel, el nirvana de piel contra piel la hizo ignorar el comentario. Su fría conducta la hería, pero el macho alfa la volvía loca, su maneras dominadoras alentaban su deseo de tenerlo dentro de sí.

Sabiendo que nunca domaría a Sam y que realmente no quería hacerlo, se encontró con su boca exigente amordazando la de ella, dejándose llevar por el hombre que tenía su corazón, su cuerpo y su alma ... Siempre los tuvo.

Capítulo 12

Dos noches después, Maddie estaba sentada bebiendo champán en uno de los salones más elegantes de la ciudad, intentando desesperadamente no parecer aburrida. Lo único que mantenía su mente despierta era ver a Sam en su elemento, encantador y urbanita, afable y sexy y enteramente deseable.

Escondiendo la sonrisa detrás de una elegante copa de tulipán, lo miraba descaradamente, aún tratando de digerir que él la quisiera de verdad, la necesitase. Había tenido la oportunidad de saber que Sam podía llevar un esmoquin con estilo, pero no le pasó inadvertido el hecho de que se encontraba perfectamente cómodo en un ambiente elegante, una ostentosa función de caridad a la que le había pedido que lo acompañara.

Con un vestido negro corto de rigor y con tacones altos, Maddie se sentía inadecuadamente vestida para la ocasión, como pez fuera del agua. Estaba muy segura de que todas y cada una de las mujeres allí llevaba un traje exclusivo de alguna casa de modas de lujo y que ninguna llevaba bisutería.

Pero Sam fue completamente sincero cuando le dijo que estaba absolutamente maravillosa. Era el único que importaba.

Suspiró cuando Sam le dirigió una encantadora sonrisa a una mujer mayor, una sonrisa coqueta y carismática que ruborizó a la pobre señora. Sin duda, Sam amaba a la mujer a cualquier edad y, por lo que parecía, todas estaban encantadas con él. Sin embargo, Maddie no estaba celosa. El hombre que estaba observando era solo una porción del hombre que ella conocía, el rostro de la Hudson Corporation, el Sam Hudson público, el elegante multimillonario.

Pero él es mucho, mucho más.

Maddie atesoraba esta información privilegiada, encantada de conocer al verdadero Sam Hudson y de que fuera un macho alfa extremadamente deseable, con un lado amable que la subyugaba hasta obligarla a aceptar que lo amaba. Siempre lo había amado. Siempre lo haría.

Para ella solo existía Sam. Esa necesaria y elemental conexión se había cimentado cuando se conocieron y Maddie no había sido nunca capaz de romper el vínculo. Aceptaba que Sam era el único hombre para ella, que solo había habido un hombre en su vida. Un pensamiento que la asustaba, pero había sido estimulante reencontrarlo, descubrir que él la había echado de menos tanto como ella lo había echado de menos a él todos esos años.

Ojalá hubiera sabido la verdad antes. Ojalá hubiera sabido cuánto sufrió en el pasado.

Maddie supiró trémula, agradecida por la segunda oportunidad. ¡Lo cerca que habían estado de no volver a estar juntos! Era una mujer de ciencias, pero tenía que admitir que a veces los hados y el destino no podían negarse.

Los ojos de Sam recorrieron la habitación, buscándola. Se encontraron la mirada y la mantuvieron, una mirada de deseo que Sam reservaba solo para ella. Contuvo la respiración mientras él la miraba descarada, posesivamente, diciéndole con los ojos exactamente lo que estaba pensando. La muda conversación fluyó entre los dos. El calor, tan insoportable que Maddie necesitaba darse una ducha fría.

Se supone que iba al aseo. Querrá saber qué hago aquí, de pie, sola, observándolo.

De hecho, iba camino del aseo, pero se había parado a pedir una bebida y quedó hipnotizada con la imagen de su más que deseable varón repartiendo encanto entre quienes lo rodeaban.

Dirigiéndole una sutil sonrisa, alzó su copa en dirección a él y se volvió camino de la larga escalinata que llevaba a los aseos.

–¿Necesitas compañía? –preguntó una voz grave, familiar, cercana, al oído.

Maddie se paró en el primer peldaño.

–Max –respondió, contenta de ver su cara sonriente. Incapaz de contenerse, lo abrazó cariñosamente–. Me alegro de verte.

Él también la abrazó y, con una sonrisa de satisfacción, le ofreció el brazo a Maddie, que lo aceptó gustosamente. ¡Qué guapo estaba! No había ninguna química sexual entre ellos, pero Max tenía algo que le alegraba el corazón. Estéticamente, podía apreciar lo guapo que era y lo bien que llevaba su esmoquin. Era un ejemplar maravilloso e increíblemente afable. Aún así, todo indicaba que había ido solo a la fiesta. Probablemente era pronto para él buscar acompañante.

–¿Te estás divirtiendo? –le preguntó mientras la acompañaba escaleras arriba.

–No mucho –respondió honestamente–. No entiendo cómo Sam y tú podéis hacer esto continuamente.

–¿Hacer qué? –preguntó Max curioso, detenténdose al final de la escalera, con Maddie del brazo y una expresión de extrañeza.

Ella se soltó y dio un paso atrás.

–Esto. Todo esto –gesticuló señalando en torno al salón–. Debe ser que no soy una persona de mundo –dijo sencillamente–. Lo mejor de todo es ver a tantos hombres guapos en esmoquin.

Y, descaradamente, le guiñó un ojo.

–Particularmente uno de ellos –respondió Max divertido–. Me he fijado cómo mirabas a Sam. Dudo que notaras la presencia de ningún otro hombre en el salón. Pareces feliz –añadió, más seriamente–, aunque estés algo aburrida. Te acostumbras a todo a la larga –dijo encogiendo los hombros–. Es casi una obligación que trae consigo el dinero. Es un pago equitativo.

Maddie hizo un gesto de reconocimiento, suponiendo que lo que Max decía era cierto. Había aspectos de su profesión que a ella tampoco le gustaban, pero se había acostumbrado a vivir con ellos. Por Sam, estaba dispuesta a hacer cualquier cosa.

—Te veré luego, Maddie. Necesito hablar contigo acerca de algo —mencionó Max de manera casual cuando se separaban.

Se despidió de él con un breve gesto de la mano, camino del aseo de señoras, a su derecha. Max se fue a la izquierda, probablemente al aseo de caballeros.

Maddie terminó rápidamente, pero hizo una pausa mientras se lavaba las manos para mirarse al espejo. Se había hecho un peinado un poco más elaborado, su maquillaje era correcto, pero ella era tan …común. Y tan diferente a todas las bellísimas mujeres presentes en la fiesta. Sin embargo, después de hablar con algunas de ellas, no se sentía fuera de lugar. Era médico y podía distinguir una cirugía plástica a kilómetros de distancia y algunas mujeres parecían sencillamente anoréxicas. Aunque Maddie había tratado de participar en la conversación, muy pocas podían hablar de algo que no fueran actividades sociales, moda, o estupideces varias.

Sam me necesita. *Necesita una mujer con la que pueda hablar cuando llegue a casa. Y necesita amor. Desesperadamente.*

Lanzó un pequeño suspiro y se secó las manos. Estaba convencida de que Sam probablemente habría intentado rodearse de gente para ocultar su vacío. Sin éxito. Ella misma lo había intentado, trabajando continuamente hasta agotarse, llenando cada hora del día con su trabajo. Pero el vacío había permanecido, oculto pero presente. Un espacio que solo Sam podía llenar.

Abrió la puerta, salió al vestíbulo y se dirigió hacia las escaleras. Oyó una pelea al legar al primer peldaño, las voces acaloradas de dos hombres llegaban desde el otro lado del *hall*.

—Sé que la has estado llamando. Que la has llevado a cenar. Quiero que la dejes sola. Me pertenece. Siempre me ha pertenecido. La necesito, ¿te enteras? —la voz de barítono de Sam era fácil de identificar.

—Solo quiero su amistad —reaccionó Max, firmemente.

—Tú quieres tirártela. Sientes algo por ella y no te culpo. Pero Maddie es mía. Está destinada a ser mía. No puedo estar sin ella, así que búscate a otra —rugió Sam estruendosamente.

—No la quiero para mí —replicó Max, su voz más cerca de la escalinata, obviamente alejándose de Sam.

Maddie vio que se acercaban, pero ellos no la vieron a ella. Los dos hombres habían llegado a un punto muerto, mirándose uno a otro irritados y con abierta hostilidad.

—Quieres llevártela a la cama y eso no va a suceder —ladró Sam.

—Por amor de Dios, Sam. Deja de pensar con el culo por un momento y pon atención. No me va el incesto.

Max tenía la mandíbula contraída, la mano en un puño.

—Maddie es mi hermana. Mi sangre —añadió.

Aparentemente, Sam se quedó sin habla porque no contestó. Se quedó mirando a Max desconcertado.

Maddie se quedó helada, los dos hombres estaban a unos tres metros de ella, pero estaban tan embebidos en su discusión que no habían notado su presencia.

Max respiró profundo y se pasó la mano por su pelo cobrizo.

—Nos separaron. Yo fui adoptado, ella no. No supe nada de ella hasta que la vi en la boda. Es la viva imagen de nuestra verdadera madre. Y los dos tenemos los mismos ojos. Después de revisar más detalladamente los papeles de mi adopción descubrí que era mi hermana. Iba a decírselo. Simplemente no he tenido la ocasión. Realmente quería decírselo primero a ella.

Maddie intentó digerir la información, su mente saturada por el esfuerzo de digerir que tenía un hermano. Pero la situación era tan extraordinaria que no sabía cómo reaccionar.

Alegría.

Confusión.

Rechazo.

Tenía un hermano y no lo había sabido nunca. Un hermano del que no sabía su existencia.

Max Hamilton es mi hermano. Con razón me sentía tan próxima a él.

Tragó aire ostensiblemente, el sonido retumbó en el cavernoso *hall*. Los dos hombres se volvieron para mirarla. La intensidad de sus rostros la hizo flaquear. Su tacón, enganchado en la lujosa alfombra de las escaleras.

Intentó agarrarse al pasamanos, sin éxito, incapaz de evitar una caída que parecía irremediable, tambalándose inestable. Durante un breve instante sostuvo la mirada de Sam, el miedo que vio en sus ojos le dio escalofríos.

Todo ocurrió a cámara lenta para ella, un instante de terror que recordaría para siempre. Gritó al tiempo que Sam se abalanzaba a la barandilla que protegía de una seria caída al piso de abajo. Con determinación, se impulsó en ella para saltar en dirección a Maddie cuando esta empezaba a caer. Su cuerpo enorme voló por encima del traicionero hueco de la escalera, que podría matarlo o, cuando menos, causarle heridas considerables. Sam tenía delante de él a Max y el hermano de Maddie no se había dado cuenta de lo que estaba ocurriendo. Sam eligió el camino más corto, la única forma de que su cuerpo podía detener el de ella. El momento del impulso los llevó a los dos escaleras abajo, pero Sam la había arropado, envolviéndola con los brazos, protector, escudándola con su propio cuerpo.

La caída escaleras abajo fue una pesadilla y todo lo que Maddie podía hacer era gritar refugiada en el pecho de Sam. Sus brazos, protegiéndole la cabeza. Su cuerpo, absorbiendo los golpes a lo largo de todo el descenso, como si cumpliera una penitencia, cayendo a una velocidad de escalofrío, rodando una y otra vez hasta que, finalmente, sus cuerpos alcanzaron el final de la escalera. La espalda de Sam golpeó la pared con una fuerza brutal, una fuerza capaz de detenerlos en seco. El cuerpo de Sam se giró, como una marioneta, encima de ella.

—¡Sam! ¡Sam!.

Maddie gritaba su nombre frenética y aterrorizada. Temiendo que estuviera seriamente herido.

Sam no se movía, su peso yacía inerto y aplastante sobre el cuerpo de Maddie.

Dios mío, ¿y si se ha hecho daño? No quiero moverlo. Podía tener alguna lesión en la espalda. Por favor, por favor. Que esté bien.

—¡Maddie! ¡Sam! ¿Estáis bien?

Maddie podía oír cómo Max renegaba por lo bajo cuando se agachó a su lado.

La voz asustada de Max la hizo salir de su ataque de pánico. Tenía que hacer algo. Su cuerpo temblaba y jadeaba como si acabara de correr un maratón.

—Estoy bien —respondió entrecortada—. Pero no sé Sam. No se mueve y me da miedo moverlo. No sé si tendrá alguna fractura.

Intentaba pensar, dejar a un lado la imagen de Sam saltando sobre el vacío y protegiéndola con su cuerpo. Ni siquiera se detuvo a calcular el riesgo, su único objetivo era detenerla y salvarla de cualquier daño.

—Por Dios, Sam, háblame. Por favor —susurró, rogándole que dijera algo, con todo su cuerpo en tensión sin saber si él estaría bien—. Te quiero. Te quiero tanto… Por favor, dime que estás bien, por favor.

—Es probable que simplemente me guste mucho esta postura, cielo.

Su voz sonó ronca, apenas audible. El calor de su aliento acariciándole el oído, su boca descansando sobre la sien.

Gracias a Dios, está vivo.

El corazón le martilleaba el pecho, latiendo tan fuertemente que la aturdía.

—No te muevas. Nos sabemos si tienes lesiones graves —le sussurró en respuesta.

—Una ambulancia está de camino —dijo Max con urgencia, intentando tranquilizarla.

—Está vivo —sentenció Maddie, mirando a los ojos a su recién estrenado hermano, ojos tan iguales a los de ella.

Sam empezó a moverse, refunfuñando mientras intentaba quitarse de encima de Maddie

—Te he dicho que no te muevas —exigió Maddie con firmeza.

—¡Dios! Cómo me pone ese tono de médico mandón tuyo —le dijo. Su voz, opaca—. Te estoy aplastando.

—No importa. Quédate – le rogó–. Espera.

—¿Me vas a decir otra vez que me quieres? –le preguntó, sujetando algo de su propio peso con los brazos.

Para impedir que se moviera, Maddie sacó los brazos de su regazo y rodeó el cuerpo de Sam.

—Sí, te quiero. Te quiero. Te quiero, Sam –exclamó–. Ahora estate quieto hasta que llegue la ambulancia.

—Cielo, me quedaría aquí por siempre solo para oírte decir eso –le murmuró al oído. –¿Te casarás conmigo?

Si no estuviera tan asustada, habría sonreído. A todas luces, Sam estaba aprovechándose de la situación, pero no le importaba. Mientras que él estuviera bien, haría todo lo que quisiera, le daría todo lo que le pidiera.

—Sí –dijo sin apenas aliento–. Nunca pensaba decir que no.

—Sigues siendo una calientapollas –murmuró Sam, aparentemente contrariado.

—Pienso cumplir –informó tiernamente, acariciándole ligeramente el pelo. La tranquilidad al oírlo hablar, abrumadora.

—Más te vale –refunfuñó él.

Supo entonces que Sam estaba bien. Las lágrimas asomaron a sus ojos y rodaron incontroladas por sus mejillas, mientras que sus manos se aferraban a él, uno contra otro, protegiéndolo hasta que llegara la ambulancia.

La mirada de Max permaneció fija en la de ella, reconfortándola en silencio, intentando decirle con los ojos que todo iba a salir bien. Su mano envolvió la de ella, cálida y gentil, calmándola, mientras que ella seguía abrazada a él. Permanecieron así hasta que llegaron los paramédicos.

Capítulo 13

—¿Es cierto, Max? ¿Eres realmente mi hermano? —le preguntó Maddie con voz temblorosa.

Habían llevado a Sam a radiología para ver si tenía alguna fractura en la columna. Mientras tanto, Max y Maddie esperaron juntos en una oficina de la sala de emergencias, sentados uno al lado del otro, agarrándose de la mano.

A Maddie le temblaba ligeramente la mano, los sucesos de aquella noche empezaban a hacerse sentir. Había sido una noche extraordinaria… Pero ya sabía la respuesta antes de preguntarle a Max, estaba convencida de que era su hermano. Lo sentía en sus vísceras, en su alma. Max Hamilton era, verdaderamente, su hermano.

Maddie lo miró y sonrió. Max tenía razón. Tenían los mismos ojos, un color avellana inusual, con una cenefa dorada rodeando la pupila, rodeada a su vez de un iris marrón verdoso. Cuando conoció a Sam, este empezó a llamarla cielo por sus ojos, argumentando que el halo en torno a su pupila le recordaba una puesta de sol. Más tarde le dijo que porque ella era el sol que iluminaba sus días.

Max le apretó la mano un poco más.

—Es cierto. Tenía que asegurarme antes de decirte nada pero, para mis adentros, estaba convencido. En el mismo momento que te vi supe que tú y yo estábamos emparentados.

Retirando la mano, sacó su cartera del bolsillo y hurgó en ella, extrayendo una vieja fotografía, una imagen pequeña. Parecía una foto típica de escuela secundaria.

—Esta es nuestra verdadera madre —le explicó, pasándole la foto a Maddie—. Es una fotografía de su último año de instituto. Te pareces mucho a ella.

Cogió la foto. Miró con atención la cara juvenil y la sonrisa despreocupada, los llameantes rizos rojos y los ojos marrones. Rasgos muy similares a los de ella.

—¿Aún vive? —preguntó curiosa—. ¿Cómo la encontraste?

Max se pasó la mano por el pelo, con tristeza.

—No. Murió a finales de los ochenta, en un accidente de coche, con su tercer marido, que conducía borracho.

Maddie no había conocido a la mujer de la fotografía. A pesar de todo, la invadió una sentimiento de orfandad. Probablemente siempre había esperado que algún día su verdadera madre la encontraría, que la mujer que la había traído al mundo la había querido pero tuvo que abandonarla. Admitió para sí que probablemente había imaginado un cuento de hadas. De hecho, esta era la razón por la que nunca había hurgado en los papeles o buscado a su madre biológica. Mientras no supiera la verdad…había esperanza, ¿o no? En su juventud, la ilusión de que su madre algún día la buscaría le había ayudado a sobrevivir una casa de acogida tras otra, aferrándose desesperadamente a la esperanza de que sus padres la querían de verdad pero no pudieron hacerse cargo de ella. Años más tarde decidió que no quería saber la verdad. Su corazón, herido y maltratado por demasiados años de rechazo y sufrimiento.

Con un dedo sobre la foto, Maddie respondió en voz baja.

—No sé de ella mucho más que su nombre. Se llamaba Alice Messling. El nombre de mi padre era Victor Dunn. No estaban casados y apenas tenían los dos dieciocho años —recordó—. ¿Sabes tú algo más? —interrogó Maddie, preparada para oír sus respuestas.

Ahora tenía a Sam… y a Max. Lo que hubiera en el pasado no podía causarle daño nunca más.

Max volvió a cogerla de la mano mientras le hablaba.

—No estaban casados cuando tú naciste, pero se casaron antes de que yo naciera. Tú tenías dos años y yo era un bebé cuando nuestro padre murió. Lo atropelló un coche un día camino del trabajo, dejando a nuestra madre sin ingresos y con dos niños, sin ninguna forma de salir adelante —respiró hondo antes de seguir—. Por lo que he sabido, no tuvo más remedio que abandonarnos. Quiero pensar que lo hizo por nuestro bien. Acabó casándose dos veces más, probablemente porque era la única forma que tenía de sobrevivir.

Se volvió para mirar a Maddie, con algo de remordimiento en la mirada.

—No lo sabía, Maddie. Si lo hubiese sabido, hubiera removido cielo y tierra hasta encontrarte. Tuve suerte. Fui adoptado casi inmediatamente. Mis padres tenían dinero y yo fui un niño privilegiado mientras que tú fuiste de mano en mano. Lo siento. Lo siento muchísimo —añadió, con la voz rota por la emoción y el dolor—. Cuando mis padres murieron, creía que no tenía a nadie más.

Maddie miró a los ojos contritos de Max. Le dolía el pecho por todas las lágrimas contenidas.

—Yo tampoco lo sabía. No era culpa tuya, Max. Sencillamente, me alegro de tenerte aquí ahora.

Y estaba feliz. Su corazón, rebosante de felicidad. Tenía a Sam, tenía a su hermano y tenía amigos a los que les importaba. Para una mujer que una vez se sintió mal querida, era todo lo que necesitaba.

—Yo también, Maddie. Quiero llegar a conocerte, ser un hermano para ti. ¿Me dejarás? —preguntó Max titubeante.

Las lágrimas bañaban las mejillas de Maddie. Miraba a su hermano, compasivo y solidario, que seguía estando increíblemente atractivo de esmoquin, aunque el suyo había perdido algo de su apresto.

—Por supuesto. Siempre había deseado tener un hermano —le dijo nostálgica, soltándose de la mano y rodeándole el cuello con sus brazos, aferrándose a él como sellando su vínculo. Desde el primer momento, Max despertó en ella su instinto de protección, la necesidad de mitigar su dolor. Probablemente no sucedería hoy o mañana, pero estaba decidida a verlo feliz de nuevo. Algún día.

Maddie suspiró cuando los brazos de Max la rodearon, empujándola hacia él en un intenso abrazo.

—Encontrarte fue algo que no me esperaba nunca, pero estoy agradecido por haberte encontrado. Ojalá te hubiera encontrado antes. No quiero pensar en todo lo que sufriste en tu niñez. Tuvo que ser muy duro para ti.

Ella se pegaba a él, la mejillas cubiertas de lágrimas, percibiendo en el abrazo que Max era un hombre capaz de sentir intensamente.

Max. Necesitas cerrar tus heridas. Tienes tanta tristeza acumulada.

Maddie podía percibir la soledad de Max en la deseperación de su abrazo. Su hermano vivía con dolor, pero nada podía hacer por él excepto abrazarlo fuertemente, esperando que la felicidad de haberlo encontrado pudiera llenar un espacio en su alma vacía.

—¡Eh, tú! Quítale las garras de encima a mi novia.

El bufido divertido de Sam les llegó desde la puerta. Max y Sam intercambiaron sonrisas. Los dos parecían aliviados por el hecho de que no tuvieran que pelearse más por ella.

Maddie soltó a su hermano, volviéndose a Sam con gesto de preocupación.

—¿Te ha dicho el médico que podías andar? —preguntó, amonestándolo.

Su corazón saltó de alegría cuando miró a Sam, que todavía llevaba los pantalones del esmoquin debajo de la bata del hospital. Estaba magullado y probablemente lleno de moratones, pero nunca había estado tan guapo. Su sonrisa reflejaba el dolor físico y sus habituales zancadas se habían ralentizado por la molestias causadas por los golpes, pero qué guapo estaba. Especialmente porque Maddie se había temido que estuviera seriamente lesionado, o algo peor.

Él le dirigió una sonrisa de un lado, maliciosa.

—Sí, señora doctora, me lo ha dicho. Lo hice venir a radiología para mirar los resultados de los rayos X inmediatamente. No me iba a quedar atado a la puta camilla, dura como una piedra, más de lo necesario.

Se encaminó hacia ella, y le dio un prolongado beso en la mejilla. Maddie contuvo la respiración, sin entender cómo un beso inocente podía ser tan sensual.

Porque el mínimo roce de Sam está repleto de sensualidad y siempre me excita. Mucho.

–¿De modo que estás haciendo valer tu poder económico por aquí también, obligando a los médicos a hacer lo que tú quieras? –preguntó, intentando ocultar su regocijo. Estaba convencida de que Sam no le había pedido nada al médico amablemente. Sam se lo habría exigido… y como era uno de los generosos donantes de la clínica, harían lo que les dijera.

–Tú eres médico y nunca me ha servido contigo –murmuró contrariado.

Maddie se cruzó de brazos, levantando una ceja y mirándolo a los ojos.

–Eso es porque te conozco bien desde hace años. Tus tretas de seductor no funcionan conmigo –le informó, intentando mantener la compostura.

Para ser honesta, apenas podía reprimir el deseo de arrojarse a sus brazos y abrazarse a él hasta convencerse de que estaba del todo bien. La imagen de Sam saltando por encima del hueco de la escalera para protegerla no dejaba de obsesionarla, como una horrible pesadilla. ¿Qué clase de hombre haría algo así?

Un hombre a quien le importas más que su propia vida.

–Me quieres. Lo sé –le dijo Sam, en su voz un tono juguetón, lleno de vulnerabilidad, mientras le pasaba el dorso de la mano por la mejilla.

Maddie sonrió, incapaz de contenerse más. Había escuchado a Sam y Simon tirarse puyas muchas veces. Había oído a Sam decirle esas mismas palabras a su hermano. A las cuales la respuesta de Simon era casi siempre la misma… "Hoy no".

Le cogió la mano y la mantuvo sobre su mejilla.

—Pues sí. De hecho te quiero. Te quiero a todas horas —respondió dulcemente, mientras se le aceleraba el corazón.

Verdaderamente, ¿cómo podía responderle de otra manera? Sam necesitaba amor y ella no podía pretender más que su mundo no era él. Se acabó para ella ocultar sus sentimientos, no revelar cómo sentía. Sam la había asustado hasta casi morir esa misma noche. La vida era demasiado corta para callarse lo que sentía.

A Sam se le saltaron las lágrimas, destellando con el color de la exquisita gema que reflejaban.

—¡Joder, cariño! Tu reacción me gusta más que la de Simon —carraspeó emocionado, entrelazando su mirada con la de ella, sus ojos hablando por él—. ¿Tú sabes cuánto he esperado oírte decir estas palabras?

Maddie negó con la cabeza, incapaz de hablar.

—Siempre —replicó enfático, envolviendo con sus dedos los dedos de Maddie, su agarre tan fuerte que era casi doloroso—. Vámonos a casa.

—Aún no te han dado el alta y tú te quedas aquí hasta que yo haya hablado con el médico.

De ninguna manera se iba a ir Sam de allí sin que ella supiera exactamente cuáles eran sus lesiones.

—Tirana —acusó con una sonrisa devastadora—. Me pone. ¿Quieres jugar a los médicos cuando lleguemos a casa?

A Maddie le recorrió un escalofrío. La idea de examinar el cuerpo de Sam al detalle la hubiera excitado si él no estuviera magullado hasta las cejas.

—Necesitas tomártelo con calma. Vas a estar dolorido algún tiempo —respondió, ignorando sus insinuaciones.

Sam arrugó la frente, pero cuando iba a abrir la boca para responderle, el doctor de la sala de emergencias entró en la habitación.

Maddie conocía al doctor de pelo canoso, algo mayor, y se adelantó para hablar con él acerca del tratamiento y los cuidados que necesitaría Sam. De reojo, vio cómo Max ayudaba a Sam a ponerse la camisa. Por comodidad, no se puso la chaqueta. Sam se quejaba, impaciente con todo lo que le obligaba a aminorar la marcha.

En el mismo instante en que el médico de emergencias abandonó la habitación, Sam se dirigió decidido hasta la puerta.

–¡Un momento! –le gritó Maddie–. Tenemos que recoger el tratamiento y firmar el alta, Sam.

Lo agarró ligeramente por el faldón de la camisa. Él la cogió de la mano –Nos vamos –dijo Sam ásperamente, queriendo llevársela de allí, con Max detrás de ella.

Maddie miró a su hermano, su sonrisa iluminándole el rostro al ver a Sam dando zancadas, dirigiéndose testarudo hacia la puerta.

Max se encogió de hombros y Maddie puso los ojos en blanco. Por suerte, se encontraron con una enfermera en la puerta y Sam cogió el bolígrafo y garabateó su nombre en el alta médica, sin apenas alterar su rumbo. Maddie cogió los papeles y le arrebató el informe del tratamiento a la enfermera. Sonriendo, siguió felizmente a Sam.

–No necesito las putas pastilla. Todo lo que necesito eres tú – gruñó Sam, camino de la salida, sujetando aún más fuertemente la mano de Maddie.

No fue exactamente un momento romántico o tierno, pero viniendo de Sam, el comentario era genuino e hizo suspirar a Maddie.

Veinte minutos más tarde llegaban a casa.

–¿Por qué no me quitaste la virginidad cuándo éramos jóvenes? – preguntó Maddie, tumbada al lado de Sam, tan próxima a él como consideraba seguro en aquella enorme cama. Él hacía todo lo posible para que se acercara más a él, pero ella se escabullía, preocupada por sus dolores.

A Sam le habían salido moratones por toda la espalda y las piernas y tenía algunas contracturas musculares. Por suerte, no se había roto nada, pero estaba segura de que le dolería todo el cuerpo. Se le notaba al andar, en la expresión de dolor de su cara. Lo había desvestido, excepto por los calzoncillos de seda, y lo había acostado. Luego, ella misma se metió en la cama después de ponerse una camisola de seda y de haber necesitado, prácticamente, forzarlo a tomarse las patillas para el dolor.

—No podía hacerlo —respondió llanamente, titubeante, pasándose la mano por el pelo, frustrado, no sabiendo muy bien cómo contestar.

Probablemente, en otro tiempo, Maddie hubiera tomado su respuesta como un rechazo. Pero ahora no. No después de todo lo que había ocurrido entre ellos. Ella sabía bien la respuesta, pero quería oírla de él.

—¿Por qué? —preguntó dulcemente—. ¿Fue porque te habían maltratado y abusado sexualmente de ti?

Estaba cansada de evadir el tema.

—¿Lo sabías? —preguntó tranquilamente, su voz grave delatanado sorpresa.

—Leí tus informes médicos, Sam. ¿No te acuerdas? Esa información estaba allí también —admitió Maddie, buscando su mano para reconfortarlo.

—¡Mierda! —carraspeó. Le apretó la mano a Maddie, su cuerpo tenso—. No era mi intención que lo supieras. No debías saberlo. Es una vergüenza. No te merezco. Fui una rata de callejón que puso su cuerpo a disposición de otros hombres.

Su voz ronca, atormentada.

—Abusaron de ti —insitió Maddie, indignada—. No tienes nada de qué avergonzarte, Sam. No fue culpa tuya.

Se incorporó sobre un codo, capaz de ver la cara de Sam a la luz de la luna que entraba por la ventana, pero no sus ojos. Sam estaba echado y tenía el cuerpo rígido, nada se movía.

—No abusaron de mí. Les dejé hacerlo —respondió secamente.

—Para proteger a Simon —añadió ella—, para que lo dejaran en paz.

—Qué importa por qué. Yo consentí —respondió con rigidez.

—Claro que importa, Sam— replicó Maddie con suavidad, acercando la mano a la mejilla de Sam—. Cuéntamelo todo —le rogó.

¿Cómo podría convencerlo, por su parte, de lo heroico que había sido sacrificarse por Simon? Él se sometió al dolor y la humillación para evitar que su hermano se convirtiera en otra víctima de su padre, a quien le pagaban en drogas y alcohol por el uso de su hijo.

Sam dejó escapar un suspiro viril.

—Una noche, oí a mi padre hablando con unos individuos. Estaban cerrando un trato. Era un grupo de hijos de puta de la organización a los que les ponía tirarse a críos. Querían a Simon, que era un niño indefenso. Mi padre estaba dispuesto a hacerlo, iba a dejar que le hicieran eso a Simon. ¡Hijo de puta! ¿Cómo puede un hombre sacrificar así a su hijo? No puedo haber ninguna razón.

A Sam le palpitaba el pecho mientras hablaba.

—Simon estaba en la escuela primaria, era un mocoso. Inocente. Le dije a mi padre que lo mataría si le ponía una mano encima a Simon y me dijo que había hecho un trato y que estaríamos todos en peligro si no lo cumplía. Así que dejé que aquel cabrón me entregara a mí en lugar de Simon.

Maddie exploró las mejillas y los rizos de Sam con sus manos. Su hombre, dulce, protector, intrépido, se había ofrecido en lugar de su hermano.

—Te hicieron mucho daño —le susurró con lágrimas asomándole a los ojos.

—No quería que lo supieras, Maddie.

Hablaba con la voz entrecortada. La tortura de revivir todo aquello, evidente.

—Me preguntaste cómo me había hecho las cicatrices en la espalda. Me las hicieron cuando me hacían tanto daño que me peleaba con ellos. Les dejaba hacer, pero la mayoría de la veces tenían que obligarme a someterme.

—Mi pobre Sam. Te quiero, cariño. No soporto el dolor que sufriste y si encontrara a esos hombres, probablemente los mataría yo misma. A la mierda con el juramento hipocrático —respondió con odio—. No fue culpa tuya. Tú fuiste valeroso y fuerte. Y abusaron de ti, te violaron, te maltrataron. No importa que tú te ofrecieras a hacerlo. Al contrario, lo hiciste para ahorrar el dolor a Simon. Es aún más triste.

Maddie terminó con un sollozo que no pudo contener.

—No llores. Por favor. Fue hace mucho tiempo —dijo dubitativo, soltándola de la mano. La rodeó con un brazo y la pegó a él.

—No. Estás dolorido —le advirtió Maddie severamente.

—Dolerá más si te resistes —le respondió—. Y duele aún más no tenerte cerca de mi.

Eso la desarmó. Intentó estar lo más quieta posible, pegada a él.

—¿Lo sabe Simon? —preguntó, buscando una confirmación.

—No. Nadie lo sabe excepto mi terapeuta y ahora tú. Mi madre se odiaría a sí misma por lo que pasó, al igual que Simon.

—¿Te ayudó la terapia?

—Sí. Me ayudó con la mayoría de mis problemas. Me temo que no he superado lo de ser tocado. Normalmente intento dar tanto placer a la mujer que ninguna se ha preocupado realmente de tocarme— dijo sinceramente.

—A mí me preocupa. Quiero tocarte, Sam. Quiero darte placer —le dijo Maddie, con voz de amante, cálidamente—. Cuando éramos jóvenes estaba confundida. Creía que me querías, pero no me llevaste a la cama.

—Te quería —resonó, acercándola aún más a él—. Hablaba en serio cuando te dije que había estado soñando contigo durante años. Tú eras lo mejor que me había pasado, pero me sentía sucio, contaminado, indigno de ti.

—¿Y ahora? —interrogó, incorporándose otra vez sobre un brazo y pasando la mano ligeramente por el pecho delineado de Sam.

—Ahora no puedo hacer nada. Tuviste una oportunidad para encontrar a alguien mejor que yo. No tienes escapatoria —respondió él, acariciando sus rizos, masajeándole la cabeza—. Accediste a casarte conmigo.

—No puede haber mejor hombre para mí, Sam.

Maddie bajó la mano desde el pecho hasta el abdomen, dibujando mariposas con el dedo.

—O dejas de tocarme o te vas a ver boca arriba en cuestión de segundos —le advirtió Sam con un tono que rebosaba deseo.

—¿No te duele? —le preguntó Maddie, su liviano toque detenido en la cinturilla de sus calzoncillos.

—Lo único que me duele ahora mismo es la picha. Y no es por caerme por las escaleras. Dios mío, Maddie. Todo lo que necesito es pensar en ti, olerte, sentir tu contacto y ya estoy listo para follarte –gimió Sam, bajando la mano hasta cubrir el dorso de la mano de Maddie.

–Ahora no lo estás. Estás seriamente magullado. No lo vas a disfrutar –le dijo secamente.

–Pero si no lo hago será una tortura –bromeó–. Te necesito demasiado.

–Quiero tocarte –le susurró ella, zafando su mano y deslizándola por debajo de los calzoncillos–. ¿Me vas a dejar? Por favor. Quiero que te quedes tumbado y que te estés quieto. Yo hago todo lo demás. ¿Vas a poder?

Maddie contuvo la respiración preguntándose si confiaría en ella o no. Considerando su pasado, sabía que no sería una elección fácil.

–Si me tocas, dudo que pueda quedarme quieto –le advirtió con fingido humor, retirando la mano y entrelazando las dos detrás de la cabeza–. Pero lo intentaré. Confío en ti, cielo.

Respiró aliviada, dando un suspiro. Dejó deslizar su mano un poco más dentro del calzoncillo hasta darse con su pene, duro como una piedra. Acarició con sus dedos la suavidad aterciopelada de la piel encapsulando su generoso miembro. Con el dedo índice extendió delicadamente una gota lubricante en la parte que la piel dejaba al descubierto

Maddie sintió la tensión en el cuerpo de Sam, así que mantuvo su toque ligero, cubriéndole de besos la sien y susurrándole en el oído.

–¡Qué bueno estás! Tan duro, tan masculino. ¡Hace tanto tiempo que quiero tocarte!

–¡Oh, Maddie! –gritó Sam con un bufido agónico.

–Sí –respiró ella en su oído, suavemente.

–¡Qué bien se siente! Tan distinto…Sin dolor

Sam exhaló de forma estridente.

–Nunca –concurrió Maddie–. Solo placer. Maddie se bajó, agarrando el elástico de los calzoncillos. Sam levantó las caderas, permitiendo que ella los bajara cuidadosamente hasta el muslo.

—No te muevas mucho —le recordó mientras que su mano le agarraba el pene, moviéndose sensualmente a lo largo de su eje.

—Se me olvidaba —suspiró resignado después de elevar la pelvis en respuesta a la mano de Maddie.

Maddie se bajó un poco más hasta que su cara estuvo a la altura del pene de Sam.

—¿Puedo probarla? —preguntó—. Por favor.

No había nada que deseara más que saborear la esencia de Sam, pero no quería hacerlo sin pedírselo. No hasta que estuviera acostumbrado a ser tocado con amor en lugar de violencia y maldad.

—¿Vas a ser tan hábil como con los dedos? —preguntó, con la voz entrecortada.

—Aún mejor que con los dedos —respondió Maddie sonriente.

—Entonces, ¿a qué esperas? —le exigió él.

Maddie se relajó, acercó sus labios al pene de Sam, decidida a que fuera una experiencia placentera para Sam. No tenía mucha experiencia, pero era médico y conocía la anatomía humana y lo que era placentero o no. Suspiró y abrió la boca para finalmente saborear el pene de Sam.

Él se estremeció cuando Maddie lo tomó entre sus labios, su lengua remolineando alrededor de la cabeza antes de sumergir el miembro en la cálida y húmeda caverna de su boca. La sensación casi lo hizo venir aún antes de que ella empezara.

Oh, Maddie. Todo lo que siempre he querido es que me hagas tuyo para siempre.

No había fantasmas del pasado persiguiéndolo. Sabía quién lo tenía cautivado, de quién eran los labios que ahora recorrían su pene, a punto de volverlo loco de deseo.

Probablemente su cuerpo lastimado debería haberle dolido, pero todo lo que podía sentir era el exquisito, alucinante, placer erótico de la lengua de Maddie acariciándole la sensible cabeza del pene, descendiendo alrededor del miembro para terminar ascendiendo con una larga aspiración.

¡Dios! ¿Cómo he podido vivir sin esto? ¿Cómo he podido vivir sin ella?

Lo cierto es que apenas había existido sin ella, viviendo cada día como un superviviente, refugiándose en el trabajo y en adquirir poder. Tanto control que nunca más volvería a ser vulnerable. Solo ante esta mujer se había sentido vulnerable, aún se sentía vulnerable. ¿Le importaba? No en absoluto. La necesitaba y cuando vio su vida entera tambalearse en aquellas escaleras, esa misma noche, se había dado cuenta de que nunca sobreviría si la perdiera de nuevo.

Se incorporó apoyándose en los hombros, la miró a la luz de la luna, su radiante cabello iluminado, mientras subía y bajaba la cabeza sobre su regazo. Le sudaba el rostro mientras que ella lamía y succionaba, prendiendo fuego a todo su cuerpo. Se estremeció cuando ella aceleró el ritmo, sus labios ciñéndose alrededor de él.

Sam se dejó caer contra las almohadas con un rugido. Incapaz de contenerse, clavó los dedos en la cabeza de Maddie y guió el subir y bajar de su boca a lo largo del pene. Bombardeado por la sensación erótica, estaba desconcertado, dividido entre el deseo de apartarla de allí y enterrarse en ella, reclamándola, o dejarla continuar volviéndolo loco con la boca.

Mía.

Ninguna otra mujer había querido complacerlo como esta, sin otra razón que por amor.

Me ama. ¡Dios! Soy un privilegiado hijo de puta.

Le palpitaba el pene. Rugía con abandono mientras que los dulces labios de Maddie lo torturaban, arriba y abajo, haciéndolo enloquecer de deseo por más.

Dejado de sí, ni siquiera se encogió cuando ella le acarició los testículos y luego, con delicadeza, deslizó la mano entre sus glúteos y con un dedo le alcanzó el ano. Maddie no llevó la cosa demasiado lejos, solo lo justo para llevarlo al límite. El delicado toque de su dedo, tan sensual que casi pierde el sentido cuando el pene le explotó en la boca de Maddie.

—¡Hostias! —gimió, completamente vacío. Su hembra se la había mamado hasta el final y el explosivo orgasmo le había producido sacudidas.

Jadeante, la levantó hasta ponerla encima de él, deseperado por sentir su cuerpo cálido pegado al suyo.

—No. Sam. No quiero lastimarte – dijo Maddie, resistiéndose.

Se colocó a su lado. Su mano descansadando levemente en la frente de Sam, acariciandole el pelo, despejando su frente sudada.

—Si es así, no me dejes nunca. Me mataría —le respondió, respirando con gran esfuerzo.

De alguna forma, Sam sentía que cada instante de su vida se había diririgido a este fin, a que ella, finalmente, le perteneciera.

—Despacio. Relájate. Tienes las costillas magulladas —repondió Maddie con preocupación.

Había puesto su mundo patas arriba ¿y esperaba que se relajara?

—No ha habido un momento desde que nos conocimos que no te haya deseado, cielo. Ni uno. Ya te deseaba entonces, pero no creía que fuera lo suficientemente bueno para ti.

Maddie suspiró levemente.

—Yo también te quería entonces. Tal y como eras, Sam.

El corazón de Sam retumbó en su pecho. Se preguntó si alguna vez se acostumbraría a oírla decir cosas así. Creía que no.

—Dímelo otra vez —le rogó—. Dilo.

—Te quiero, Sam Hudson. Siempre te he querido —le contestó con una sonrisa en la voz.

—Nos vamos a casar. Pronto.

La atrajo hacia sí.

—Así. No te muevas —dijo murmurando, satisfecho cuando el cuerpo de Maddie se fundió con el suyo.

—Creo que eres el hombre más cabezota del mundo —dijo con fingido enfado.

—Me quieres. Lo sé —replicó Sam.

—Te quiero. Sí —murmuró dulcemente, sus labios en el hombro de Sam.

Definitivamente. Su respuesta es mucho mejor que la de Simon.

A Sam se le abrió la boca, sus ojos parpadearon hasta cerrarse. Sentía en su hombro el ritmo de la respiración de Maddie ralentizarse. Se estaba quedando dormida. Permaneció así un instante, con los ojos cerrados, saboreando aquel sentimiento de felicidad y paz interior. Luego, se durmió

Capítulo 14

Unos días más tarde, Sam entraba en la silenciosa casa de Maddie. Fue encendiendo luces a medida que iba de habitación en habitación. Quería estar de vuelta en su casa antes de que Maddie volviera del trabajo. Iba a preparar una cena especial para ella y por fin había encontrado el perfecto anillo de compromiso, un diamante talla corazón rodeado de diamantes más pequeños engarzados en platino. Lo había recogido del joyero ese mismo día y no podía esperar a ponérselo en el dedo, haciéndola suya para siempre. Mirando en torno a la acogedora estancia se podía palpar la cálida personalidad de Maddie flotando en la sala de estar y, sin duda, se podía oler su aroma en el aire.

Esta casa es Maddie.

Se paseó por la casa unos minutos, fijándose especialmente en los recuerdos y las figuras que, seguramente, Maddie había coleccionado a lo largo de los años, cosas que encontrarían su último destino en la casa de Sam.

Ha hecho de mi casa un hogar.

Maddie se había quedado con él desde el accidente, atendiendo todas sus necesidades, excepto la más urgente. Por su parte, él la deseaba con desesperación, necesitaba tanto sumergirse en su calor que estaba inquieto e irritable.

Se había recuperado del accidente. Aunque aún le quedaban algunos moratones, no le dolía nada. Lo único que necesitaba cuidados era su polla y Madeline era la única persona que podía hacerse cargo de su malestar, malestar que había decidido iba a aliviar esa misma noche, antes de que perdiera completamente su salud mental.

Una vez en el dormitorio, se guardó la agenda de Maddie y algunos pendientes que cogió del joyero. Había otros objetos personales que ella quería sacar de la casa antes de que llegaran los de la mudanza, al día siguiente, y él los había encontrado todos. La última habitación era un dormitorio que había sido convertida en una improvisada oficina-biblioteca. Cogió la novela que Maddie estaba leyendo y se disponía a salir cuando, en una de las estanterías, una larga colección de volúmenes sin título le llamó la atención. Curioso, extrajo uno de ellos y miró la portada.

Diario – 1998

Abrió el libro. Reconoció la mano de Maddie en la escritura. No sabía que Maddie tenía un diario y que lo había estado escribiendo durante años. Había al menos unos treinta diarios en la estantería. Las entradas eran esporádicas. Había meses en los que no había escrito nada y otras veces había una entrada diaria. Cuando se disponía a cerrar el librito, una entrada llamó su atención.

Hoy he perdido la virginidad. Lance y yo llevamos cinco meses saliendo y me parecía que no podía seguir ignorando su deseo más tiempo. Ojalá lo hubiera hecho. Me ha dolido. Y aunque han sido solo unos minutos, me ha parecido una eternidad. Permanecí boca arriba rezando para que se acabara pronto. En ningún momento me ha dicho que me quería. Nunca me lo ha dicho. De hecho no creo que me quiera. ¿Por qué sigo con él? ¿Estoy tan desesperada por olvidar a Sam, me siento tan increíblemente sola, que por eso no rompo la relación? Estoy tan confundida. Odio a Sam Hudson y, sin embargo, mientras deseaba que mi primera experiencia sexual terminara pronto, no dejaba de pensar que debería haber sido con Sam.

Sam apretó la mandíbula mientras leía, sus dedos aumentaron la presión sobre el papel cuando leyó la siguiente entrada, escrita dos semanas después.

He roto con Lance. No podía más. Como es tan guapo, tan rico y tan popular en la facultad, algunas piensan que estoy loca, pero no me importa. Lo único que sé es que ya no puedo soportar más que me toque. Tengo que estar completamente bebida para tener relaciones sexuales con él. No me gusta hacerlo. No es agradable. Probablemente sea muy bueno para otras, por lo que mis compañeras de clase cuentan, pero no para mí. Lance me ha dicho que soy asexual, que soy esquiva y frígida. Quizás tenga razón pero, para mis adentros, no puedo evitar pensar que es que él no es el hombre para mí. De todos modos, el sexo se ha acabado para mí. Hasta que encuentre al hombre que me haga sentir de la forma que Sam me hacía sentir, paso de sexo. De momento, me hace sentir sola y sin esperanzas. Mucho peor que estar, de hecho, sola.

Sam cerró el libro de un golpe, incapaz de seguir leyendo el dolor y la confusión de Maddie. Se parecía mucho a sus experiencias sexuales en el pasado. Cada vez que tenía una relación sexual con na mujer necesitaba pretender que era Maddie para poder consumar la relación. Sí, le daba una satisfacción momentánea, pero lo dejaba también tan vacío que a veces se pasaba largos periodos de tiempo incapaz de tener el estómago de estar con una mujer que no fuera Maddie.

Obviamente, ella nunca lo había vuelto a intentar, nunca encontró a un hombre con quien quisiera estar desde que ellos se separaron.

Ella se abstuvo y yo recurrí a la farsa, dos formas de sentirnos los dos miserables.

Sam volvió a poner el libro en el mismo sitio en la estantería y sacó otro de los volúmenes, queriendo leer las entradas de Maddie en referencia al tiempo que pasaron juntos. Mientras leía se pasaba la mano por el pelo, con frustración. El dolor le oprimía el pecho leyendo cuánto le había roto el corazón a Maddie el incidente con Kate. No es que no lo supiera ya, pero leer sus palabras lo devolvía al momento y el lugar, hacía el dolor de Maddie mucho más real, al igual que el suyo.

Aquel fue el día en que se le aletargó el alma. Llegó a creer que se le había muerto hasta el día en que vio a Maddie de nuevo y ella escarbó en lo más profundo de él para traerle el alma de vuelta a la vida. El recuerdo no se había marchitado y había vivido sufriendo las consecuencias de sus acciones desde entonces. Constantemente, una y otra vez, durante años, dándole vueltas al dolor que le había causado a Maddie y a la agónica expresión de su rostro. Se había castigado todos los días, preguntándose si había hecho lo correcto, despreciándose por haber destrozado la fe que Maddie tenía en él. Su único consuelo había sido saber que estaba a salvo, que no le habían hecho daño. Pero era un consuelo que palidecía en comparación con la expresión rota de su hermoso rostro, algo que revivía día tras día, odiándose por ser el hombre que había traicionado su confianza.

Al cerrar el volumen, necesitaba tomar aliento, permitiéndose sentir la soledad y la desolación que habían formado parte de él por tanto tiempo. Hasta que volvió a encontrarse con Maddie. Hasta que ella le cicatrizó la heridas y lo devolvió a la vida. La vulnerabilidad que ella despertaba en él podría asustarlo, pero la idea de estar sin ella era muchísimo peor que enfrentarse a todos sus miedos.

Aleatoriamente, extrajo uno de los diarios más recientes, ojeando las páginas llegó a la última, había una entrada reciente. Había sido escrita hacía unos días.

Sam no me ha dicho aún que me ama. Sé que debe hacerlo porque no creo que pudiera sentir lo que siento si él no sintiera lo mismo por mí. Me demuestra su amor continuamente y lo puedo sentir en la manera como me toca. A veces, simplemente, deseo que me lo diga. Sería la primera vez en mi vida que alguien me dijera esas palabras y, más que nada, quiero oírlas por primera vez de la boca de Sam.

Sam colocó el libro en la estantería con más vehemencia de la necesaria.

—¡Mierda! ¿Es posible? ¿Nunca se lo he dicho?

Apretó los puños y frunció el entrecejo, intentando recordar con todas sus fuerzas las dos últimas semanas. Le había dicho cuánto la necesitaba ... porque la necesitaba. Pero amarla, ¿realmente no le había dicho que la amaba?

—Egoísta hijo de puta —murmuró, castigándose a sí mismo.

¡Ella se lo había dicho a él tantas veces! A veces inducida por él, pero muchas otras no. Maddie se había abierto a él completamente, tranquilizándole el alma con sus palabras. Y él nunca se lo había dicho a ella.

Se le encogió el corazón, dándose cuenta de que nunca había tenido a nadie que le dijera que la amaba. Ni una sola vez. Nunca. Hasta él lo había oído de su madre y, en ocasiones, de su hermano y ahora de la mujer que significaba para él más que nada o nadie en el mundo.

—Te quiero, Madeline —susurró, sentido, a la habitación vacía, esperando que lo pudiera oír a través de la distancia que los separaba.

Sam pensó en enviarle un texto, pero era algo que ella necesitaba oír en persona. Una y otra vez. No era que no la amara. Quizás el problema fuera que la amaba tanto que las palabras no alcanzaban.

Había cajas de embalar por todas partes, todo para los de mudanzas que irían al día siguiente a empaquetar y trasladar las posesiones de Maddie a su casa. Colocó unas cuantas cajas delante de la estantería y empaquetó los diarios cuidadosamente en las cajas, sellándolas con cinta adhesiva.

Esto es privado. Los sentimientos de Maddie escritos en el papel.

Después de asegurarse que las cajas estuvieran selladas y bien selladas, que solo un milagro pudiera abrirlas, las marcó con rotulador como PERSONAL. No quería que nadie pudiera mirarlos mientras los empaquetaba. Eran las crónicas de un corazón roto, de un dolor, de meditaciones y de triunfos.

Mía. La amo. Me pertenece. Siempre me ha pertenecido y siempre me pertenecerá.

Cuando se dirigía hacia la puerta se acordó de la reacción emocional de Simon cuando, en la oficina, su hermano pequeño confesó finalmente que amaba a Kara. Sam movió la cabeza de un lado a otro mientras cerraba la puerta de entrada de la casa, entendiendo, por fin, cómo se sentía su hermano en aquel momento. Sam tenía una fijación irracional con Maddie, un obsesivo afán de posesión que rivalizaría sobradamente con la que Simon tenía por Kara. Simon y él podrían ser diferentes pero, en lo más íntimo, eran iguales cuando se trataba de la mujer que podría poner sus vidas del revés, o de cabeza.

—Me hace sentir feliz, espontáneo, extático. Me vuelve loco, posesivo. Me obsesiona. Todo a la vez —se dijo, perplejo, montándose en su Bugatti—. ¿Cómo es posible?

Pero, extrañamente, no le molestaba en absoluto. Le hacía sentirse... vivo.

Le echó un vistazo al reloj mientras sacaba el coche del patio delantero. Se le abrió una sonrisa. Tenía tiempo para ir al joyero de nuevo. Tenía algo que hacer antes de volver a casa.

Esa noche pensaba darle a Maddie más amor del que pudiera recibir... de diferentes maneras.

—¿Que no te ha dicho que te ama? Bueno, no me sorprende. Le llevó algún tiempo a Simon. Supongo que los hermanos Hudson creen que somos adivinadoras.

El tono ofendido de Kara resonaba en el manos libres de la flamante caravana de Maddie.

—Pero tú sabes que te ama.

Maddie suspiró. Torció ligeramente a la derecha, acercándose a casa.

La casa de Sam. Mi casa. Nuestra casa. A partir de mañana, cuando traigan mis cosas, estaré permanentemente unida a Sam.

—¿Qué si me ama? Ese lunático casi se lanza al vacío para evitar que yo me magullara. No lo dudo. Ni por un momento —le contestó Maddie enfáticamente, probablemente hablando más alto de lo era necesario por el hecho de que su amiga se encontraba en otro país en ese momento.

—Me alegra tanto que aceptaras casarte con él —dijo Kara con sinceridad—. Él te ama, Maddie. Creo que siempre te ha amado.

—Lo sé. Solo que me gustaría que me lo dijera. Una vez solamente. ¿Cómo está mi futuro ahijado?

—Muy bien. Los dos estamos comiendo demasiado —contestó Kara, su risa y el gruñido de Simon dejándose oír a través del teléfono—. Simon, te dije que era un niño.

La voz de Kara sonaba silenciada, su último comentario estaba dirigido a su marido, que probablemente estaba sentado junto a ella.

—¿Cuándo te mudas a casa de Sam? —interrogó Kara, volviendo su atención a Maddie.

—Prácticamente ya lo he hecho, pero no es oficial hasta mañana. Los de la mudanza se encargarán de empaquetar y traer todo.

Kara silbó a través de la línea telefónica.

—Sam no está desperdiciando un minuto, ¿no?

Maddie puso los ojos en blanco. Sam había llamado a la compañía de mudanzas el día después de que rodaran por las escaleras, haciéndose cargo de todo con una llamada de teléfono.

—No. Pero yo no he protestado exactamente —admitió. No quería estar alejada de Sam más tiempo. Ya habían estado separados lo suficiente.

—Aún no me puedo creer que Max sea tu hermano. Aunque ahora que lo sé, los dos tenéis los mismos ojos, poco corrientes, y hay un parecido entre los dos —declaró Kara.

—Yo tampoco me lo puedo creer, pero estoy feliz. Solo me gustaría que él no estuviera tan triste. Debe haber amado a su mujer mucho —respondió Maddie.

—Yo también lo creo, pero no puedo saberlo realmente. Ella murió antes de que Simon y yo empezáramos a salir —replicó Kara, considerando con cuidado sus palabras.

—Así que, ¿cuándo vuelves a casa? —preguntó Maddie, intentando aligerar la conversación.

—El jueves que viene. Y aún me queda el fin de semana libre, así que podemos ir de compras, ya que no te permiten trabajar los fines de semana en la clínica —dijo Kara entre risas.

Maddie sonrió. Sam la quería en casa los fines de semana y ella había accedido. Ambos estarían ocupados de lunes a viernes. Poder pasarse en la clínica todos los días laborables era suficiente para hacerla feliz hasta el delirio. Habría un doctor disponible los sábados para los pacientes que no pudieran ir a la clínica entre semana, pero no sería ella. Sin embargo, supervisaría los informes del fin de semana y todos serían, al fin, sus pacientes.

Acababa de terminar su último turno en el hospital. A partir del lunes, volvería por fin a la clínica.

—¡Como si necesitara comprar nada! —le dijo Maddie a Kara, contrariada—. No hay una sola cosa que Sam no me haya comprado, incluida la nueva caravana. Necesita parar.

—Hmm. Tengo que recordarte que fuiste tú quien me largó un discurso acerca de la necesidad de hacerme a la idea de que me iba a casar con uno de los hombres más ricos del mundo. Creo que incluso dijiste que debería dejarlo gastar su dinero en mí porque le haría sentir que me protegía —le dijo Kara, divertidamente maliciosa.

—¡Vaya! Creo que sí que lo dije —murmuró Maddie. Ella había aleccionado a Kara, pero le parecía diferente cuando Sam era quien compraba cosas para ella.

—Espero que estemos de vuelta antes de que necesitéis el *jet* para vuestra luna de miel. A la velocidad que Sam se está moviendo, puedes estar casándote mañana —bromeó Kara.

—Se compraría otro —dijo Maddie, riéndose a carcajadas—. Él es capaz de conseguir lo que se le antoje.

—Me da que tú no le ibas a protestar —dijo Kara entre risas.

—No. Francamente. No creo que lo hiciera —respondió Maddie, entrando en la calle donde Sam tenía su casa. Era la pura verdad. Tanto quería a Sam. Se casaría con él en cualquier momento.

—Bueno, no te cases sin nosotros —la advirtió Kara—. Queremos estar allí.

—Creo que podemos esperar —respondió Maddie con una sonrisa.

—Más te vale. La semana que viene salimos de compras.

—Vale, vale. Vamos de compras —le dijo con alegría a su amiga mientras entraba en el sendero que la llevaba a la casa de Sam—. Diviértete y cuida de mi ahijado.

—Lo hemos pasado muy bien —dijo Kara suspirando—. Pero echo de menos estar en casa, y a ti.

—Yo también te echo de menos —replicó Maddy, afectuosamente.

—Hasta el jueves.

—¿Os podríais pasar por aquí? —preguntó Maddie al tiempo que frenaba el coche.

—¿Me tomas el pelo? Estaremos allí tan pronto como lleguemos. Necesitamos ponernos al día, querida.

—Hasta luego —le respondió Maddie, desconectando el teléfono y el motor del coche.

El Bugatti de Sam estaba aparcado delante del garaje, así que Maddie supo que él estaba en casa. Le dio un brinco el corazón anticipando el encuentro, impaciente por ver su semblante, por rendirse al calor de su presencia.

Mientras salía del coche, no dejaba de maravillarse de lo mucho que su vida había cambiado en tan corto plazo de tiempo. Antes odiaba tener que volver a una casa vacía, a la ausencia de una vida privada. Ahora no podía esperar a llegar a casa, nunca era lo suficientemente pronto para estar con él, para satisfacer su necesidad de verlo.

Ya no estoy sola.

Maddie sabía que su vida por fin se había llenado.

Saltando los escalones de mármol, metió la llave y abrió la puerta, sintiéndose finalmente en casa.

Capítulo 15

Maddie se metió en la ducha, respirando con deleite, dejando que la lujuriosa ducha le masajeara el cuerpo entero. Le seducía la idea de quedarse allí durante horas, pero la necesidad de ver a Sam era mayor que el placer de sentir el relajante efecto del agua caliente. La tentación de pasarse primero por la cocina había sido casi irresistible. Le llegaba el olor de algo delicioso que se estaba cocinando y supo que él estaba allí. Pero no se había duchado en el hospital y necesitaba deshacerse del olor y los gérmenes que había acumulado después de un largo día de trabajo antes de verlo, así que atravesó la casa de puntillas hasta llegar al baño.

Se lavó rápidamente su pelo leonino. Apenas había empezado a enjabonarse el cuerpo cuando sintió la sólida, imponente presencia de Sam, su cuerpo presionándola por detrás. La giró, dejando que la espalda de Maddie descansara en la pared, aprisionada entre dos poderosos brazos, las manos de Sam a un lado y otro descansando igualmente contra la pared de la ducha.

Mirándolo a los ojos, el cuerpo entero de Maddie empezó a agitarse cuando con la vista recorrió la salvaje expresión en el rostro de Sam. Sus ojos, tan intensos y ávidos que su temperatura la reducía a un montón de lava a sus pies.

Era tan gigantesco, tan fogoso y tan suyo.

—Te quiero, Maddie. Te quiero tanto que a veces siento que me falta el aliento —su voz áspera sonaba salvaje y emocionada, rugosa y viril—. Debería habértelo dicho hace años. No sé por qué no lo hice. Bien sabe Dios que te lo mereces, pero me tienes contigo, todo lo que tengo y todo lo que soy. No sé si es bueno o malo, pero es la verdad. No soy nada sin ti.

Maddie tragó saliva, con los ojos fijos en los de él. Aquel era Sam, sin refinar, sin pulir, la esencia del hombre que amaba. Y nunca le había parecido tan excitante como en ese momento. Su ser entero desnudo frente a ella. Las lágrimas se asomaron a los ojos de Maddie, mezclándose con el agua de la ducha. Alzó la mano y la pasó por la mejilla de Sam.

—Yo también te quiero. Siempre te he querido. Nunca te olvidé y no recuerdo ningún día que no me acordara de ti —admitió con franqueza.

Casi se desvaneció al oír a Sam decirle que la amaba. Sí, sabía que la amaba, pero oír su primitiva declaración le alteró el pulso, respirando con soplidos entrecortados.

—Te quiero, cielo. Te quiero. Te juro que te compensaré por todas las veces que no te lo he dicho diciéndotelo tanto que te canses de oírlo —le susurró virilmente pegado a su oído, bajando la cabeza para mordisquearle el lóbulo de la oreja.

Imposible. Maddie sabía que nunca podría cansarse de oír a Sam decirle cuánto la quería. No podía lamentar que nunca lo hubiera oído antes de nadie porque Sam había sido el primero en decírselo y le parecía irreal.

Sam le cubrió la boca con la suya, quitándole el aliento, domando sus labios, abriéndose camino en su boca con la lengua. Sam tenía el efecto de robarle todo pensamiento racional almacenado en su mente.

El vapor de agua los envolvía y los chorros intermitentes de la ducha les golpeaba el cuerpo, pero Maddie no sentía nada más que los implacables asaltos de Sam a sus sentidos. Maddie le rodeó el cuello con los brazos mientras que él le saqueaba la boca intentando acercarlo más a ella. Todas las emociones que siempre había ocultado estaban ahora al descubierto. Él le sostenía la cabeza, abrazándola desesperadamente, cerrando los puños sobre su pelo mojado. Un suspiro ahogado se escapó de los labios de Maddie, resonando en la boca de Sam.

Él se echó atrás, separando sus labios de los de ella.

—Maddie, ¿qué sucede? ¿Qué he hecho? —preguntó con voz preocupada

—No es nada —sollozó—. Es que estoy muy feliz. ¡Te necesito tanto!

Apoyándose con una mano en la pared y levantándole la mejilla con la otra, los ojos de Sam la miraron fijamente, dejando todas sus emociones al descubierto.

Deseo.

Necesidad.

Amor.

Todo eso y más decían sus ojos

—Quiero que me ames y que me necesites, cielo. Si no lo hicieras, no sé qué sería de mí. Probablemente perdería la cordura. Necesítame, Maddie. Por favor.

Puso las manos entre ellos y le apretó los pechos, como sopesándolos. Las rápidas y livianas caricias de sus pulgares erizando los pezones de Maddie.

Maddie gemía, su vagina anegada por la furiosa excitación, por el deseo de tener a Sam dentro de ella, quemándola.

—Sam…

—Interrumpí tu ducha. Déjame terminarla primero y luego termino contigo —le dijo maliciosamente, poniéndose jabón en las manos, alejando a los dos del agua para poder rociarle el resbaladizo gel sobre la piel. Sus dedos jugando y tocando, masajeando y burlando, deslizándose sobre los pechos y rodeando sus pezones hasta que arqueó su cuerpo, pidiendo más.

La sostuvo contra la pared. Maddie pegó las palmas de la mano a la misma, intentando mantenerse en pie, cuando sintió los hábiles dedos de Sam entre los muslos, jugando con los saturados labios de su suplicante vagina.

—Sí, sí.

Jadeó al contacto de los dedos de Sam con sus labios. Sentir cómo la poseía la
hacía enloquecer.

–Estás tan rica, cielo. Me encantan los sonidos que haces. Para mí. Solo para mí. Me encanta hacer que te corras, aún más porque nadie más lo ha hecho. Nadie. ¿O sí? –exigió saber.

–No. Nunca.

El cuerpo de Maddie estaba ardiendo, su necesidad de Sam había ganado completo control de ella.

–Métemela, Sam. Quiero correrme. Lo necesito. Te necesito.

Una mano jugó con sus pechos, yendo de uno a otro, torturándola de placer. La otra le restregaba el monte de Venus, sus dedos ahondando más y más entre sus labios vaginales.

–Más. Así –rogó Maddie. Necesitaba que dejara de juguetear y que la explorara con mayor intensidad, más deprisa.

–Te quiero, Maddie. Te quiero –dijo simplemente, mientras que sus dedos índice y medio se hundían en el necesitado canal de Maddie y su dedo pulgar le masajeaba el clítoris.

–Sí, más. Dame más –dijo ella suplicante, ondulando las caderas.

Los dedos de Sam bombeaban mientras que su pulgar aumentaba la frición en el pungente clítoris de Maddie.

–Córrete para mí. Quiero verte disfrutar de placer. Vente.

Maddie sintió romperse en mil pedazos, todo su cuerpo temblando. Sus músculos comprimían los dedos de Sam, que seguían llenando su vacío, una y otra vez.

Maddie estaba tan fuera de sí que se sobrsaltó cuando Sam le levantó las caderas, las manos sujetándola por los glúteos, y la empaló con su falo.

–Ten esto. Vas a venir otra vez para mí. Te quiero sentir en mi polla esta vez

–dijo ásperamente, la necesidad vibrando en su voz de barítono–. Rodéame con las piernas.

Instintivamente, Maddie había levantado las piernas y se había abrazado a su cuello cuando él la levantó, pero ahora las apretó más fuertemente, disfrutando el gelatinoso contacto de sus cuerpos deslizándose uno contra otro.

–Dios, Sam. Qué gusto.

El pene de Sam la llenaba por completo y la sensación la estremecía. Rodeados de calor y vapor, sus cuerpos hambrientos, los dos aullaron al unísono, con deseo feral, cuando él empezó a empujar.

La tomó con una mezcla de necesidad animal y posesión que la dejó sin aliento. Cada embestida era un reclamo, una marca en su cuerpo. Su dominio la hizo desmoronarse.

–Dime que me necesitas. Dime que me perteneces –gimoteó Sam mientras la llevaba al clímax con cada golpe de cadera.

–Te quiero. Te necesito siempre –respondió Maddie con un quejido. Su vientre, apretado, sintiendo que su clímax iba creciendo con una intensidad que casi le daba pavor–. Dios. No hay nada como estar dentro de ti. Me perteneces, cielo. Siempre has sido mío –murmuró con violencia.

Maddie respiraba entrecortadamente mientras él entraba y salía de ella con una desesperación rayana en la locura, una pasión carnal que la llevó a estallar en un clímax de intensidad desgarradora. Echó la cabeza hacia atrás y gritó.

Sosteniéndola con uno de sus musculosos brazos, Sam mantuvo su ritmo brutal, dejando que el orgasmo de Maddie le masajeara el pene mientras que con la otra mano la agarró por el pelo y se tragó su grito, clavándole la lengua en la boca, adueñándose de su placer.

Enterró el pene en ella hasta el límite en el instante en que su cálida descarga explotaba en el seno de Maddie y liberó su propio alarido tortuoso en los labios de Maddie.

Jadeante, Maddie bajó las piernas hasta tocar el suelo, permaneciendo abrazada al cuello de Sam. Sus temblorosas extremidades inferiores, incapaz de sostenerla.

Permanecieron así por algún tiempo, sus cuerpos unidos, los dos incapaces de pensar, incapaces de hablar.

–Hasta me ha dado miedo –susurró Maddie finalmente, con voz trémula.

Sam la acunó contra su cuerpo y llevó la boca a su oído

—No, amor mío. Ha sido absolutamente perfecto —le susurró él a ella. Su voz, áspera y con un toque de admiración.

Maddie suspiró, reconociendo que ella misma no podría haberlo dicho mejor.

—Nos vamos a casar pronto —gruñó Sam bebiendo un trago de vino y lanzando a Maddie una implacable mirada.

Maddie se encontraba tan satisfecha que ni se podía mover. Había terminado su plato completamente y aún disfrutaba su copa de vino. Sam le había preparado unos espaguetis a la crema con gambas. El hombre sabía de verdad cocinar y había algo verdaderamente excitante en un hombre que podía manejarse en la cocina.

Y algo excitante en él cuando me maneja a mí también. Mierda. Es excitante en todo lo que hace.

Maddie lo miró en respuesta con una expresión complaciente.

—¿Cuándo es pronto?

—Mañana —respondió él, esperanzado—. Podemos irnos a Las Vegas.

—Tu madre, Max, Kara y Simon no nos lo perdonarían —razonó Maddie. Su corazón, aleteando con solo pensar que le pertenecería a Sam.

—Nosotros somos los que contamos, cielo. No ellos. Y ya he esperado lo suficiente. He querido que fueses mía desde el primer momento en que te vi —respondió seductor—. ¿Te he dicho que te quiero?

Pues sí. Unas cien veces desde que nos duchamos. Pero no llevo la cuenta. Y me hace saltar de alegría cada vez.

—No estoy segura. Probablemente deberías decírmelo otra vez —murmuró Maddie.

—Podría decírtelo de mil maneras y demostrártelo de otras mil, pero te he comprado algo para que te lo recuerde constantemente, en caso de que te olvides

—respondió con cierta vacilación, sacando una cajita del bolsillo de sus pantalones.

La mirada de Maddie se concentró en la caja durante un instante, el tiempo que tardó en reaccionar y coger la caja. Sam se acuclilló delante de ella y le cogió la mano. Abrió él mismo la caja.

—Siempre te he querido, Maddie. Por favor, cásate conmigo.

Aturdida, Maddie se limitó a mirar el precioso anillo que había en la cajita negra de terciopelo, una joya tan hermosa y perfecta que casi le daba miedo tocar. Nunca había poseído nada tan extraordinario, pero no por el valor de los diamantes, sino era por el sentimiento que encerraba. El diamante de talla corazón era exquisito, pero su significado, lo que Sam quería decir con aquella joya, era superior.

—Ahora es cuando te tocaría decir que sí —dijo Sam, con voz entrecortada.

—Sí —respondió Maddie, casi sin aliento, levantando los ojos para mirarlo a la cara, su sonrisa temblorosa.

No pudo evitar las lágrimas que afloraron a los ojos al mirar al hombre que había sido siempre su destino. Le era difícil no creer en el sino en ese momento. Dos almas que tenían que estar juntas y que consiguieron encontrarse a pesar de que las circunstancias ciertamente habían actuado en contra.

Sam sacó el anillo de la caja. Dejó caer la caja encima de la mesa y le dio el anillo a Maddie.

—Tiene una inscripción.

Ella lo cogió con delicadeza, inclinando la circunferencia de un lado para ver lo que decía.

El primero y para siempre. Te amo.

—¿Cómo sabías que eras el primero en decírmelo? —preguntó, ahogando un sollozo.

—Hoy he visto tus diarios. Leí algunas de las entradas. No debería haberlo hecho, pero lo hice —admitió mansamente.

Maddie sonrió, incapaz de evitarlo. Adoraba su franqueza, la forma en que le respondió de frente y cómo, sin titubeos, le contó lo que había hecho. No, no debería haber leído sus diarios, pero ella no tenía nada que ocultarle y nunca lo tendría.

—Me había olvidado de ellos. He estado escribiéndolos durante años. Debería haberlos empaquetado yo misma.

—Lo hice yo. No quería que nadie te conociera más que yo —dijo, celoso, mientras la tomaba de la mano y le colocaba el anillo en el dedo—. Dime ahora que te casarás conmigo mañana —exigió levantándose al tiempo que la hizo levantarse para abrazarla.

—Sam, no podemos.

—Claro que podemos.

Sin previo aviso, la cogió en brazos. Maddie gritó sorprendida y se abrazó al cuello de Sam.

—Sam, ¿qué estás…?

—Se acabó el diálogo. Hora de usar argumentos más convincentes —protestó Sam.

Maddie reprimió la risa, recordando que le había dicho que la tenía que convencer en lugar de darle órdenes.

Descansando en su enorme, cálido, musculoso cuerpo, respiró hondo, absorbiendo aquel olor que era tan genuinamente él.

De alguna manera, la acompañaba el sentimiento de que acabaría casándose al día siguiente si Sam se salía con la suya. Examinó su expresión decidida y supo que no sería capaz de decir que no. Con franqueza, no quería decir que no. Sam y ella habían esperado mucho tiempo para estar juntos.

Mientras Sam saltaba los escalones de dos en dos, Maddie estuvo a punto de decirle que sí, pero se detuvo antes de que las palabras abandonaran sus labios.

¿Estoy loca? Tengo al hombre más deseable del planeta llevándome a la cama para convencerme de que me case con él mañana.

Maddie decidió esperar y dejar que la persuadiera. El sí estaba garantizado, pero podía esperar hasta más tarde… mucho más tarde.

Epílogo

S am y Maddie se casaron al día siguiente, al atardecer, en una
ceremonia privada.

Su boda fue la jubilosa unión de dos almas que estaban
destinadas a permanecer unidas. Almas gemelas que finalmente
encontraron el sosiego que da el no estar solas después de años de
separación, tristeza y desolación.

Sam no había tenido ningún problema en organizar un
vuelo privado a Las Vegas. Llamó a Max y su amigo lo arregló
inmediatamente, sin preguntarle nada.

Maddie había hecho algunas objecciones simbólicas, pero no
muchas. Al final, la ceremonia fue más un ritual privado de sanación,
algo que necesitaban después de los años de dolor y distancia que los
dos habían vivido.

Lo celebrarían a lo grande en su momento, celebración que Kara
estaba ya planificando mientras que Maddie descansaba en los brazos
de su flamante esposo, alma y cuerpo regocijándose en la unión.

—No puedo creer que estemos casados —dijo quedamente, con
asombro y extrañeza.

—Eres mía para siempre —replicó Sam, acercándosela más, tumbado
en la gigantesca cama de la *suite* del hotel. Vovería a Tampa al día

siguiente. Sam quería llevársela de luna de miel por un prolongado periodo de tiempo, pero lo harían después de la celebración.

Realmente, todo lo que siempre he deseado ya lo tengo. Sam es mi marido.

Acurrucada en el cálido cuerpo de Sam, Maddie suspiró plena de felicidad.

—Gracias por una cremonia tan especial. No sé cómo te las arreglaste, pero fue preciosa.

Se habían casado en una capilla privada en uno de los mejores hoteles de Las Vegas. Sam se puso un esmoquin y ella tenía el traje ideal esperándola en el vestidor de su habitación. Su hombre se había hecho cargo de todo, desde las flores hasta las velas en la capilla. Todo había sido… mágico.

—Te merecías algo más —dijo Sam—. Pero no podía esperar más, cielo. Hemos esperando tanto tiempo. Necesitaba hacerte mía. Te compensaré con nuestra luna de miel.

Maddie sonrió, apoyada en su hombro.

—Creí que ya habíamos disfrutado nuestra luna de miel.

Sam la había poseído con tal intensidad minutos antes que la había dejado sin aliento. Los latidos de su corazón aún no habían recuperado su ritmo.

—Nos iremos lejos los dos. Durante varias semanas. Justo después de la celebración que mamá y Kara insisten que tengamos. Quiero llevarte adonde quieras ir, Maddie. Quiero recuperar el tiempo perdido —le dijo, cogiéndola de la mano y llevándose los dedos entrecruzados al pecho.

—No creo que tengamos que recuperar nada, Sam. Es probable que todo haya pasado como tenía que pasar. Es lo que nos ha llevado hasta aquí. Nunca daré por sentado nada entre nosotros porque sé lo que duele vivir sin ti —dijo Maddie con un suspiro—. Me centré en mis estudios y mi profesión todos estos años. Tú estabas enfrascado con conquistar el mundo. Probablemente no era el momento de estar juntos. Repetiría todo otra vez, sufriría la misma soledad de años para acabar justo donde estoy ahora mismo.

—Pero te hice daño. Y me he despreciado por eso desde aquel día —respondió Sam. Su voz, entrecortada.

—Hiciste lo que tenías que hacer, Sam. Sobreviví. Tienes que perdonarte. No hay nada que necesite perdón por lo que a mí respecta. Solo querías protegerme. Yo habría hecho lo mismo si tuviera que protegerte, por muy difícil que hubiese sido —admitió Maddie.

—¿Lo habrías hecho?

—Sí —respondió encáticamente—. Sin duda. Si tuvieras que revivir todo otra vez, ¿harías lo mismo?

Sam permaneció en silencio unos instantes antes de contestar.

—¿Ahora? De ninguna manera. Te ataría a mi lado y te protegería. Pero entonces no tenía los recursos o las conexiones que ahora tengo. Así que sí, probablemente lo haría si estuviera en la misma que situación que estaba antes. Tu seguridad antes que nada.

Su respuesta fue tan franca, tan sincera, que arrancó lágrimas a Maddie. ¿Cómo podía haber tenido la suerte de tener el corazón de un hombre como Sam?

—Te quiero tanto que me da miedo —le susurró a Sam.

—No tengas miedo. Ámame tanto como quieras. Nunca será bastante para mí

—murmuró, poniéndola encima de él mientras lo decía.

—No más arrepentirse de nada, Sam. Para ninguno de los dos. Este es nuestro momento. Todo el dolor del pasado ha trazado el camino hasta aquí —dijo Maddie con nostalgia.

—Entonces, todo ha merecido la pena porque me haces tan feliz que pasaría por encima de carbones encendidos para estar a tu lado —dijo taciturno. Acariciándola, colocó la pelvis de Maddie en contacto con su incipiente erección—. Te haré feliz, Maddie. Juro que lo haré —se comprometió formalmente.

Las lágrimas asomaron al rostro de Maddie, su voto fue pronunciado como una promesa solemne por la que moriría antes de romperla.

—Sam, ya lo has hecho.

Una lágrima solitaria se desprendió cayendo delicadamente en el rostro de Sam.

—No llores, Maddie. Por favor. No quiero volver a verte llorar —le dijo, suplicante.

—Son lágrimas de felicidad —le dijo mientras Sam le limpiaba la cara con la mano.

—Da igual. No me gusta —gruño, pasándole la mano, suavemente, a lo largo de la espalda—. Prefiero oírte gemir de placer.

Maddie sonrió y le pasó las manos por el pelo, suspirando al contacto de la sedosa textura con sus dedos.

—Creo que yo también lo prefiero.

Sus entrañas ardiendo y su entrepierna humedecida solo de pensar en Sam poseyéndola. Una vez más.

El se dio la vuelta, poniéndose encima de ella, su cuerpo enorme, musculoso, la cubría enteramente.

—Podría hacer que empezaras con esos gemidos tuyos de satisfacción en cuestión de segundos —amenazó Sam arrogante, desafiante.

Maddie se mordió los labios para no reírse, asombrada de lo rápidamente que podía ir de amante tierno a macho alfa de las cavernas.

—Puedes intentarlo, claro —le dijo, retándolo con el tono de su voz.

—Yo no intento nada. Yo hago —rugió—. Me lo vas a suplicar.

Se le endurecieron los pezones y su vagina se contrajo, el tono dominante de Sam la había excitado.

—Neardental —lo acusó, más que lista para que la hiciera suplicar.

—Me amas. Y lo sabes —replicó él con humor y confianza, pero con una cierta dosis de vulnerabilidad.

—Sin duda, te quiero —le respondió Maddie inmediatamente.

—Yo también te quiero, cielo —dijo Sam tiernamente, sus manos empuñando el pelo de Maddie para que su boca se encontrara con su beso hambriento, codicioso.

Las palabras se hicieron innecesarias cuando sus cuerpos compartieron aquella primitiva forma de comunicación, la consumación de su amor de la forma más elemental, animal, carnal. Algo que las palabras no podrían expresar.

Antes de perderse en la locura de la fiera necesidad de Sam, Maddie reconoció que, a veces, el amor bien merecía el dolor.

Fue el último pensamiento coherente que tuvo antes de entregarse al único hombre que había amado en su vida, el hombre que quería tener y conservar, el hombre por quien había esperado tanto, el hombre por quien había valido tanto la espera.

J.S Scott es una de las autoras más vendidas de novelas de romance eróticas.

Aunque es una lectora ávida de todo tipo de literatura, escribe lo que más le gusta leer. J.S. Scott escribe historias eróticas de romance, tanto contemporáneas como paranormales. En su mayoría, el protagonista es un varón alfa y todas terminan con un final feliz porque no parece que la autora esté dispuesta a terminarlas de otra manera.

Por favor, visitadme en:
http://www.authorjsscott.com
http://www.facebook.com/authorjsscott

Podéis escribirme a esta dirección:
Jsscott_author@hotmail.com

También podéis enviarme un "tweet" a:
@AuthorJSScott

Otros Libros de J. S. Scott

Visita mi página de Amazon España y Estados Unidos, en donde podrás conseguir todos mis libros traducidos hasta el momento.

Estados Unidos: https://www.amazon.es/J.S.-Scott/e/B007YUACRA
España: https://www.amazon.es/J.S.-Scott/e/B007YUACRA

Serie La Obsesión del Multimillonario:

La Obsesión del Multimillonario ~ Simon (Libro 1)
Corazón de Multimillonario ~ Sam (Libro 2)
La Salvación Del Multimillonario ~ Max (Libro 3)
El juego del multimillonario ~ Kade (Libro 4)
La Obsesión del Multimillonario ~ Travis (Libro 5)
Multimillonario Desenmascarado ~ Jason (Libro 6)
Multimillonario Indómito ~ Tate (Libro 7)
Multimillonaria Libre ~ Chloe (Libro 8)
Mía en Navidad ~ (Simon y Kara)

Saga Los Sinclair:

El reto del multimillonario (Libro 1)
El multimillonario prohibido (Libro 2)
El mensaje del multimillonario (Libro 3)
La voz del multimillonario (Libro 4)

Serie de Los Hermanos Walker:

¡DESAHOGO! ~ Trace (Libro 1)
!VIVIDOR! ~Sebastian (Libro 2)

Próximamente:

Multimillonario Impertérrito ~ Zane (Libro 9)